上海三联人文经典书库

国家出版基金项目

上海三联人文经典书库

112

文人恺撒

[英] 弗兰克·阿德科克 著

金春岚 译

CAESAR AS A MAN OF LETTER

上海三联书店

"十三五"国家重点图书出版规划项目

国家出版基金资助项目

总　序

陈　恒

　　自百余年前中国学术开始现代转型以来，我国人文社会科学研究历经几代学者不懈努力已取得了可观成就。学术翻译在其中功不可没，严复的开创之功自不必多说，民国时期译介的西方学术著作更大大促进了汉语学术的发展，有助于我国学人开眼看世界，知外域除坚船利器外尚有学问典章可资引进。20世纪80年代以来，中国学术界又开始了一轮至今势头不衰的引介国外学术著作之浪潮，这对中国知识界学术思想的积累和发展乃至对中国社会进步所起到的推动作用，可谓有目共睹。新一轮西学东渐的同时，中国学者在某些领域也进行了开创性研究，出版了不少重要的论著，发表了不少有价值的论文。借此如株苗之嫁接，已生成糅合东西学术精义的果实。我们有充分的理由企盼着，既有着自身深厚的民族传统为根基、呈现出鲜明的本土问题意识，又吸纳了国际学术界多方面成果的学术研究，将会日益滋长繁荣起来。

　　值得注意的是，20世纪80年代以降，西方学术界自身的转型也越来越改变了其传统的学术形态和研究方法，学术史、科学史、考古史、宗教史、性别史、哲学史、艺术史、人类学、语言学、社会学、民俗学等学科的研究日益繁荣。研究方法、手段、内容日新月异，这些领域的变化在很大程度上改变了整个人文社会科学的面貌，也极大地影响了近年来中国学术界的学术取向。不同学科的学者出于深化各自专业研究的需要，对其他学科知识的渴求也越来越迫切，以求能开阔视野，迸发出学术灵感、思想火花。近年来，我们与国外学术界的交往日渐增强，合格的学术翻译队伍也日益扩大，同时我们也深信，学术垃圾的泛滥只是当今学术生产面相之一隅，高质量、原创作的学术著作也在当今的学术中坚和默坐书斋的读书种子中不断产生。然囿于种种原因，人文社会科学各学科的发展并不平衡，学术出版方面也有畸轻畸重的情形（比如国内还鲜有把国人在海外获得博士学位的优秀论文系统地引介到学术界）。

有鉴于此，我们计划组织出版"上海三联人文经典书库"，将从译介西学成果、推出原创精品、整理已有典籍三方面展开。译介西学成果拟从西方近现代经典（自文艺复兴以来，但以二战前后的西学著作为主）、西方古代经典（文艺复兴前的西方原典）两方面着手；原创精品取"汉语思想系列"为范畴，不断向学术界推出汉语世界精品力作；整理已有典籍则以民国时期的翻译著作为主。现阶段我们拟从历史、考古、宗教、哲学、艺术等领域着手，在上述三个方面对学术宝库进行挖掘，从而为人文社会科学的发展作出一些贡献，以求为21世纪中国的学术大厦添一砖一瓦。

目 录

序　言

　　写这本书是为了突出分析现有的恺撒大帝作品的文学特征的。因为恺撒作品用词少而精炼，他的这些作品可以作为拉丁语的翻译入门。然而，一旦被学校用作拉丁语翻译教学时，他的作品又可能被忽视，因为这些早期的介绍常常不能带来更饶有兴致的深入挖掘。有人也许有这样的想法，熟读一两篇《内战战记》就可以"管中窥豹"了；想通过此书获得消遣娱乐，又会因需要费劲重组所有的习作内容而丧失乐趣。最后，当然也容易相信，这些粗浅的东西就像在中学八年级可以理解的东西，不值得到十二年级再去看，更加不值得大学生去关注吧。

　　当我在准备古典文学士的荣誉学位考试时，没有被要求熟读《内战战记》的任何部分：大家都相信我可以借助历史书来理解此书，当然其他更丰富、更流畅的拉丁语诗歌也许更有帮助。此外，在我的记忆里，在剑桥大学的近半个世纪以来，没有学者对朱利斯·恺撒的任何著作进行研究，哪怕是最短的演讲篇章。毫无疑问，其他获得关注的作者，要么有着更好的文学魅力，要么内容更加深奥，只有这样才会被认为更能代表罗马时代或是拉丁语文学的作品吧。但是，不管怎么说，读恺撒的作品都是值得的；而且现在对他作品的研究成果已经相当丰硕了：在其中，许多是关于他的作品的文学品性及探讨那些可以反映出他的人格魅力的文字，而如果读者有这些研究的帮助，他们对恺撒作品的兴趣和理解力无疑会大大增加。

　　为了达到以上的目的，本书必须先简单地介绍下恺撒在完成他的作品时的情况。当然局限于本书讨论的内容，因此不能过于烦冗地介绍他的事业及历史影响。因此一开始简单的介绍之后，将是对《内战战记》的文学体裁归属的讨论。尽管如此，我仍然可以预见，这本书有超越传统战记体裁的许多特性。恺撒在书中关注的不仅仅是如何循规蹈矩，因循守旧，当然他即使这么做了，也会有人乐于了解、乐于追随。在关于《内战战记》的目的和内容之后的章节里，读者可以了解并且判断恺撒在写作时对传统文本模式保留及超越的程度。《内战战记》反复呈现的主题都是战争及战争中的爱国者，这也揭示了恺撒的个性及写作的方式。

　　《内战战记》所有的章节为读者贡献了丰富的宝藏，但是其中也讨论一些争议问题，使得许多学者多年来一直争论不休。如果长期专注地研究恺撒的作品，而不去关注这些问题是不太可能的。因此《某些争议问题》一章就提供了一些看上去对这些问题的合理解释。最后，也有一些其他作品与《内战战记》语料相似，而又与恺撒作品有不同的特征，因此被归入最后一章。

　　在过去的几百年里，许多学者的作品丰富了恺撒的作品，提供了一个宝库，因此我尽力也应该来多描述些，但是局限于我的理解和特定内容的要求，只能给予读者介绍那些极其重要的部分。因为每增加一条代表文献的索引，书稿就越厚重而拖沓。文章的索引和总的索引，可能对某些读者有益。这些篇章的阅读材料按照最新的克罗兹·特本内（Klotz Teubner）的版本。

　　此书的写作过程中我得到了许多朋友的批评和建议，不管是在日常聊天时、写作或者阅读的各个阶段中。我非常感谢他们，特别是我的朋友格瑞菲斯（G.T. Griffith）先生、哈默德先生（N.G.L. Hammond）、麦克唐纳博士（A.H. McDonald）及赛尔蒙教授（E.T. Salmon）。最后还有一句本书文责自负。

F.E. 阿德科克

于剑桥

1955 年 1 月

引　言

公元前58年3月，当恺撒率军前往高卢时，他已经是罗马的大祭司及执政官，兼两省的总督及一支人数不多但可随需招募的军队的将军了（虽然在他当时的年龄，亚历山大大帝已死而拿破仑·波拿巴已经战败）①。作为一名敢作敢为的政治家，他已经逾越了许多阻止他登上高位的障碍：早期惹人怀疑的家族关系、被当作挥霍无度的花花公子形象及靠行贿获得的宗教领袖身份等等。恺撒本人能言善辩，并精于权谋。在西班牙做地方长官时，取得一系列军事胜利并且重获了自己的财富，这些财富是为大"金主"克拉苏提供政治服务来换取的。恺撒也不得不暂时依附于庞培，虽然庞培因听从了元老院有影响力的贵族们的恶意攻击而疏远他。所有这一切使得恺撒把握住了一个绝佳的机会，来团结克拉苏和庞培（庞培和克拉苏在前70年那次共掌执政官之后结怨）并成立了"前三头联盟"。当然三者地位并不平等，但是在克拉苏和庞培的帮助下，恺撒赢得了执政官的选举，暗地里为自己、也为他们服务，同时也对省政府的控制权进行了一些实际的改革。恺撒极尽所能利用自己的地位和军队来控制"前三头联盟"的事务，这种做法打破了许多传统的障碍；对于敌人的无助和失败，他又是那么地欣喜若狂，毫不遮掩。之后他又将无人管控的阿尔卑斯山北的高卢省归入麾下，为他的野心指向了更广阔的领域。对恺撒而言，为自己在军中找个代言，为

---

① 加斯东·布瓦西耶：（G. Boissier）《西塞罗和他的朋友》（ *Cicéron et ses amis* ），第242页。

克拉苏的儿子找个职位，充分利用庞培可能的保护者拉比努斯的才智，所有这些都是可能做到的。然而，就算加上以上所有的成就，也无法借此来预言恺撒的未来。在战火纷飞的八年里，恺撒在阿尔卑斯山下度过了他的峥嵘岁月。而到了每年冬天的假期里，他又前往意大利的北部，去完成一个总督需要完成的工作。当然这些工作对他这个雷厉风行的人而言，实在是不值一提，因此他有了大把的时间可以写些他的战争故事。同时，恺撒也保持着对罗马政事的关注。这就解释了在公元前56年，"联盟"趋于瓦解时，他去了拉文纳（Ravenna）和路卡（Luka）去游说了他的政治同盟，可以推测恺撒用他的辩才和谋略，使得庞培和克拉苏充满嫉妒和猜忌的关系得到了缓解。恺撒也经常给元老院派送大量的文书，虽然看上去并不总被读过，但无疑一旦被读过，也就毫无疑问成了贵族圈里的谈资。当然还有那些因获得元老院投票通过而写的感谢函，无疑是对自己军队所取得的胜利的炫耀。公元前56年，西塞罗发表《论执政官的行省》（On the Consular Province）演说时，他认为元老院对恺撒取得成就是有所了解的。恺撒与他麾下的官员及在罗马的朋友经常有书信往来，当然恺撒有可能经常派他信任的人去拜访罗马的官员，罗马的官员也同样会回访恺撒。由此看来，恺撒与罗马人的观点不是没有交集的，当然这是一种可能的推测，不能完全确定。恺撒并没有年复一年地出版他的《战记》，也许是由于他每年都进行写作（参考第77页），之后在公元前51年的年末，或是公元前50年的年初，《高卢战记》的头七本书出版。此套书叙述了恺撒在高卢的功绩（res gestae）以及在阿莱西亚（Alesia），因为那些没落贵族的求情，虽原本希望打败恺撒的而后放弃的最后抵抗等等。《高卢战记》的第八册由奥卢斯·希尔提乌斯（Aulus Hirtius）补写。奥卢斯·希尔提乌斯是恺撒麾下忠实又自信的部下，他的书描述了在阿莱西亚之后的两年。

如果国内战争没有爆发，恺撒的七部《战记》可以证明他对胜利的追求，对当选执政官的渴望，也可能因此被认为是就任其他地方（非高卢）总督之后的伟大的军事指挥官。① 与事实一样，大家都认为与其否定恺撒的野心，不如让他为共和国做更大的贡献。先不管恺撒带兵进入意大利的后果（罗马的将军是不许带兵进入罗马城的）如何，他在高卢期间的统治是无可诟病的，但是在经历了长期危机的罗马城里，恺撒不得已用战争来实现自己的诉求，打算用自己的才能和军队来对抗控制共和国的敌对势力。《内战》三本描写的恺撒是敢于闯出自己道路的人。在前面提到的两年里，恺撒一直生活在痛苦之中，他需要向别人证明自己，并准备结束他所谓的"民间的分歧"（civilis dissensio），当然条件是可以摆脱他的敌人给他带来的危险及无法实现野心的失望。在大家看来，恺撒的伟大贡献和贵族共和国的延续似乎是息息相关的，而恺撒眼中的共和国是"没有实质的幽灵"（a phantom without substance）。在高卢的那些岁月里，恺撒唯一个愿望，因此到公元前47年他重返罗马时，比起要和元老院及罗马人民一决高下，他更想宽恕他的敌人，也回报他的朋友。虽然和苏拉一样，恺撒也是个独裁者，但是他却嘲笑苏拉在退位时的无知（litteras nescisse）。当然这样的话可以预见在《战记》三本出版时都是备受争议的，可能当初恺撒写作时并没有打算建立他个人的集权，或者就像很多人预想的那样，在传统罗马共和国建立希腊式的君主制（Hellenistic Monarchy）。他跨过了卢比孔河（意大利北部小河，为高卢和罗马共和国的界河，公元前49年恺撒越过此河进军罗马，与罗马执政庞培决战），但是没有跨域罗马共和国独裁领袖（imperator）到罗马皇帝（emperor）的分水岭。总的说来，《内战战记》一书不管藏有多少恺撒的政治野心和抱负，都应该被认作是他为自己的人生和事业奋斗的书。

① 译者注：根据古罗马政治传统，当选执政官后需到外省去，因此恺撒可能在当选后去外省（非高卢）做总督。

第一章 《战记》文学体裁分析

　　这部题为《记录恺撒伟大功绩的战记》（"C. Iuli Caesaris commentarii rerum gestarum"）的作品持续地记录了恺撒的故事。这点经过了凯尔斯的研究①，看上去没有什么疑问，当然这个题目一直没有被质疑过。这套书应该是包含了九册：前七册（I-VII）是关于公元前58年到公元前52年的高卢战争；第八册是公元前49年的国内战争，有两本；第九册是公元前48年的国内战争，但是在那年的晚些时候记录中断了。在第七册和第八册之间有关于高卢战争的第八本书，作者是奥卢斯·希尔提乌斯。在恺撒文集（*caesarian corpus*）中，这系列战记还加入了《亚历山大城战记》（*Bellum Alexandrinum*）、《非洲战记》（*Bellum Africum* 或者 *Africanum*）及《西班牙战记》（*Bellum Hispaniense*）三本。整个系列书册描述了恺撒从公元前58年到达高卢至公元前45年他战胜了小庞培（Cn. Pompeius）及之后立竿见影的后果。即使在当年，恺撒写作其中的第一到第九册都不是秘密，当然之后也不会做些什么隐藏。这些书作为第一手资料，揭示了这个伟大的统治者在描述他自己这些功绩时的前思后虑，写作的风格也极其清晰，因为这是不可替代的。恺撒的《战记》的主题是他在高卢的功绩及内战（bellum civile）部分战区的情况，或者他自己称之的"民间分歧"（civilis dissension）。到苏埃托尼乌斯（Gaius Suetonius Tranquillus，c.69—c.130：古罗马传

---

① 凯尔斯（F.W. Kelsey）：《恺撒作品的标题》（"The title of Caesar Work"），刊于美国哲学学会刊物36期（1905）（*Trans. Amer. Phil. Assoc.* XXXVI），第211—238页。

记作家、历史学家）就可以区分恺撒在高卢和国内战争时期的描述了，但是对其主题的简单描述基本仍然是他的"功绩"（Res Gestae）。

作为一种写作的模式，"战记"具有悠久的历史。这个词在希腊语中对应"hypomnema"，也许可以翻译成拉丁语的"备忘录"（aide-memoire），而这个希腊词和其对应的拉丁词都是以做备忘为目的的。不管是私下的还是公开的，这一写作模式从亚历山大大帝时期开始就广泛存在。这一模式兴许来自过去东方的君主们的做法，至少到目前为止，并不是为了行政管理的便利而产生的。从军事方面说，"hypomnema"可能是将军的日记、战报或者报告，这些可以在托勒密八世统治时期的莎草纸的记载中发现。在行政管理方面，这种写作可能变成了备忘录和公务记录。在古希腊时期，这种写作可能成了法庭日记之类。一开始这类写作并不是以出版为目的；私底下也可能是演讲稿的手稿——至少"commentaries"被西塞罗用以指演讲的手稿——或者也有可能指私人的文稿或者备忘录。凯利乌斯曾经发给时任西里西亚总督的西塞罗一种《城市日志》（commentarius rerum urbanarum），来告知他关于罗马的信息[①]。后来，凯利乌斯暗示，不是所有的事情都会得到西塞罗的重视，他说"你可以自由选择"（ex quo tu quae digna sunt selige）。因此，到目前为止，可以这样总结，"hypomnema"或者"commentaries"这两种文体基本是为了写作者本人而对事实做的记录，并不只是帮助记忆的。尽管不可避免的事实是，这种文体的写作中可能会包括一些被作者发现的事实。这就是"战记"的来源。在写作中，文学的特征往往不是主要考虑的因素，主要是风格上简练且清晰，否则就失去写作的意义了，仅此而已。

与"战记"题材相反的是"史体"（historia）。对罗马人而言，在恺撒时期前后，总的说来，"史体"是一种文学艺术的成就，它对昆体良（Marcus Fabius Quintilianus，约公元35—100年）而言，是体验"新发表诗歌和歌曲的感觉"（proxima poetis et quodammodo

---

① 西塞罗：《致朋友的信》（Ad familiares）VII，II，第4页。

carmen solutum）。[1] 写作"史体"的人往往是注重文体的：好的作品成为写作的主要目的，而不是传递事实。当然不是说他的作品不可信或者不真实。如李维（Livy，古罗马三大史学家之一）的作品是真实且真诚的，但还是有时候被认为是不可信的——"史体"的文学上的优点及对事实的阐述两者不需要同时存在，而是可以独立存在且互不相关的。塞勒斯特（Gaius Sallustus Crispus，公元前86—前34，古罗马历史学家、政治家）所说的"简短"（brevitas）在《第一罗马简史》（*primus Romana Cripus in historia*）[2] 与李维的"充足的乳白色"（lactea ubertas）是不同的，但是两者关注的都是同一件事：文学上的成就。 9

　　"战记"（commentarius）最初的形式与"史体"（historia）也有不尽相同的地方：内容如"战记"，而文学形式又少于"史体"。我们可以观察到 [3]，"战记"更像是罗马人，而不是希腊人的风格，在恺撒时代前，这种文体已经发展到中级阶段。"战记"的材料可能来自"史体"，作者用"点石成金"的写作技巧来巧妙利用这些材料，并且加以改变。古罗马学者吕西安（也有译作"琉善"，Lucian）的文章《如何写历史》（"*Quomodo historia schibenda est*"）指出，这种中级的"战记"可能吸收和消化了"评论"体（Commentarii），或者写成记叙的文体，虽然不算"史体"，但是也取得了波力比阿斯（Polybius，古希腊历史学家）所声称的对事件的概要（synoptic）描述。这是一个自然的过程，这也自然地适用于那个关注他们描述的事件的人。这种"战记"（commentarius）的文体会一直保持，直到某些文人可以把它转换为"史体"（historia）。虽然"战记"的作者是从自己的角度描述事物，当然也常常声称是一种事实的陈述。

　　"战记"发展成为"史体"材料的观点也可以很容易地从路奇 10

---

① 昆体良：《演说家原理》（*Institutio Oratoria*）X，I，第31页。
② 马提亚尔：（拉丁语：Marcus Valerius Martialis），（40年—？），古罗马文学家。XIV，191，2.
③ F. 雅各比编：《希腊历史学家残篇集成》（F. Jacoby, hrsg., *Die Fragmente der griechischen Historiker*）II D，第639f页。

乌斯·维鲁斯（Lucius Ceionius Commodus Verus Armeniacus，130年12月15日—169年，罗马帝国五贤帝时期的皇帝）给他的老师弗朗特（Fronto）的信里看到①。这封信写于公元165年，但是其实际做法及心理发展与共和国的最后几十年几乎一致。维鲁斯是战胜帕替安人一役的名义上的主帅，尽管是玛尔库斯·奥理略（Marcus Aurelius，罗马皇帝，公元121—180年）设计的作战计划及两个能干的将军阿维狄乌斯·卡西乌斯（Avidius Cassius）及马蒂乌斯·维鲁斯（Martius Verus）帮助执行。路奇乌斯·维鲁斯，这位在寻找为他致颂词的人的王子，写信给弗朗特，告之他把对部下的战报及两个将军在他的命令下把他们进攻的"战记"送来，供弗朗特使用。之后维鲁斯又提出，由他自己写作一份"战记"，并且打算按照弗朗特的建议来写。他这样写道："我准备好了来接受你的建议，只要我的成就在你写作中是光明的。当然你也不会忽视我对元老院的祈祷和我与军士们的会谈。"这种方式使得弗朗特有材料可以准备演讲，而演讲又是"史体"的装饰。维鲁斯总结道："我的平生所为，不管有什么样的特点，或者不如实际那么好，但是都将沿着你的期望发展。"弗朗特没有拒绝这样的天真的要求，但是也有一些幸存的"史体"的前言可以证明，他并没有在生前完成写作。弗朗特获得的材料有一手的，也有加工过的。可以从这些幸存的前言片段里看到，这些材料等着彻底的剪裁，写成真正的"史体"。

其实，西塞罗早于路奇乌斯·维鲁斯就做过此类的事情，尽管没有用那么天真的语调。在公元前60年，他用希腊语写了《他的执政官战记》（commentarius consulatus sui），并且送给了波赛多纽斯（Poseidonius）看，而后者是当时希腊文化的领导者，提出希望用战记里的材料写"优雅文"（ornatius）。波赛多纽斯清晰地回应道，读过这些战记后，他不敢尝试这个主题②。四年后，西塞罗又尝试写信

---

① 弗朗特（Marcus Cornelius Fronto）：选自《与皇帝马可·奥勒留的邮件往来》（Ad Verum Imperator.）。古罗马修辞学家、辩士，142年任罗马执政官。
② 西塞罗：《致阿特提库斯书》（ad Atticum）II，I，1—2。

给罗马文人卢克莱茨（L. Luccreius），请他写史体文，包括加蒂林（Catilinarian）阴谋，并且许诺会送上战记。最后虽然卢克莱茨同意了，① 西塞罗也送上了战记，史体文却没有写成。② 西塞罗的《他的执政官战记》并不是普通的战记。他曾经这样写给赫罗迪斯·阿提库斯（Herodes Atticus，公元101—177年希腊贵族和诡辩学家，曾担任罗马执政官），因为那位也写过同样主题的作品：

> 六月一日那天，我遇到了你家的仆人，他把你的信转交给我，还有我用希腊语写作的在元老院执政官的一些战记。很高兴前些日子我请 L. Crossinius 带给你我的书，同样是希腊语写的同样主题的书。如果我先读你的书，则有剽窃之嫌了。我虽然很喜欢你的写作，但似乎略显琐碎、粗糙，不够谨慎（horridula atque imcompta）。当然未加修饰也许可以成为这部书的优点，就像不用额外的香氛却有最好的味道，而我却已经把伊苏克拉底（雅典演说家）的"香膏"（unguents）、他学生的及亚里士多德时代的"香水"全部用光啦。

12

西塞罗写信的口吻是既有些歉意又自嘲的，当然他并不限制自己写出各种好作品，去刻画自己可以表述得比别人更加清晰的好主题："作为执政官的他"（consulatus suus）。而且他不会被禁锢在某个文学传统中，而忽略自己自由无拘束的想法。但是受限于传统，战记是不可能发展到史体文的程度，因为战记本身就是简单且就事论事的。

公元前46年，当西塞罗写《布鲁图斯》（*Brutus*）的时候，他至少已经阅读了恺撒《战记》中关于高卢战争的部分，因为他这么写道：（恺撒）这样写给其他人准备了写史体文的材料，到那时为

---

① 西塞罗：《致朋友的信》（*ad Fam.*）V，12，10。
② 西塞罗：《致阿特提库斯书》（*ad Atticum*）IV，6，4；IV，II，2。

止，他把这些材料归类为战记，等待被转换为史体文 ①。但是他又加了一句意味深长的话："恺撒（的作品）可能成为'馈赠'给某些愚人改头换面的卷发器（curling-tongs），但是智者可能会因为在这样的作品上改写而被吓到。"西塞罗似乎还记得波赛多纽斯的回复，因此对自己的灵魂有一丝谄媚的宽慰（unction）。奥卢斯·希尔提乌斯同样在《高卢战役》第八本的前言中这样写道：恺撒的《战记》已经出版，作者们并不缺乏对这些事件的相关知识，但是他也补充道，书中的内容是所有男士们都支持的"虽不是史学家，却也有这样的功绩并抓住了这样的机会"（"ut praerepta, non praebita facultas scriptoribus videatur"）。大家可以看到，西塞罗的看法得到了希尔提乌斯的呼应，他认为恺撒的作品有一定的质量，排除了其他人想替代他的作品的想法。恺撒的"战记"，虽然还是保持着"战记"的传统文体特点，但是有其自身的文学特色。在西塞罗写的《布鲁图斯》（Brutus）里，很罕见地看到西塞罗希望政治家和权力通天的统治者可以阅读他写的内容。当然这并不妨碍西塞罗自己作为一名诚实的批评者、在自己（文字）的领域里的"独裁者"身份，因此他还会对作品直言不讳，说出想法。对西塞罗而言，恺撒的"战记"是走向史体文成品的文学体裁。他这样称赞道："他的作品就像做衣服，款式虽简单却优雅，而且成功地完成衣服的制作。"（nudi enim sunt，recti et venusti，omni ornate orationis tamquam veste detracta）并且补充道，"没有什么是比写一篇简洁洗练、精致生辉的战记更好了"（nihil est enim in historia pura et inlustri brevitate dulcius）。似乎这些敏感又有导向性的信件里一度相信，恺撒的"战记"用不同却可以比较的特质在自己的文体领域里挑战了史体文的作品。

当恺撒启程前往高卢的时候，他在军队的位阶还不是最高，但是他当时已经是小有名气的辩士（orator），而在当时论辩就是拥有文学才能的证明。西塞罗的老对手荷滕西斯（Hortensus，古罗马的著名律师）败下阵后，如果说当时西塞罗是罗马第一辩士，恺

---

① 75，262。

撒可能就可以名列其次了，当然他有比论辩更加重要的事。昆体良幸运地读过恺撒的演讲词后，认为他的演说："如果要找西塞罗论辩，可以带上他（恺撒），作为我们攻击的武器（矛）"（Si foro tantum vacasst, non alius ex nostris contra Ciceronem nominaretur），而且还用补充说明来证明自己的判断："他（恺撒）作品的力量来自他的尖锐用词和使人振奋的表达，因此你也可以说战争的精神也是如此。但是语言的激情和优雅增添了文章和语言的美。"（Tanta in eo vis est, id acumen, ea concitatio, ut illum eodem animo dixisse quo bellavit appareat; exornat tamen haec omnia mira sermonis, cuius proprie studiosus fuit, elegantia）① 恺撒在年轻时期就证明了自己的力量和激情（vehement），而这些特质在战记的文体很难得到充分的发挥，却也时不时地显现出来。就如西塞罗所称赞的那样，他（恺撒）的 "简洁洗练，精致生辉"（pura et inlustri brevitate）的风格可以通过 "精彩的演讲风采"（mira sermonis elegantia）来实现。战记文体的简练也吸引了恺撒的文学兴趣。在亚洲学派的绚丽风格与古雅典希腊语的文体的简洁严谨之间，只要用之有度，恺撒无疑倾向于后者。他的辩论导师是阿波罗尼奥斯（Apollonius Molon of Rhodes，希腊著名修辞学家），而这位老师正属于反对冗余拖沓的亚洲学派。虽然不能对恺撒能否形成自己的风格作出判断，但是可以确信的是，阿波罗尼奥斯的教诲让他很受用。

　　恺撒的另外一个老师是语法学家尼珀（Marcus Antonius Gnipho），他在对斯多葛学派（Stoic）的语言和形式研究中受到启发，进而发展出一种系统化的修辞纯粹主义（Purism），唤醒了恺撒对语言精致的细节（niceties）的兴趣，特别是词汇形式部分。公元前55年，西塞罗在他的《论演说家》（De Oratore）② 一书中也随意地使用了这些原则，并且声称演说者有自由去追寻一些基本的方法，而不需要传统正字法（orthographic orthodoxy）所需要的类比进行判

15

---

① 昆体良：《演说家原理》（Institutio Oratoria）X，I，第114页。
② 西塞罗：《论演说家》III，37，150—38，154。

断。可以推测的是，在公元前 55 年和前 54 年冬天，恺撒去休养过冬的时候写作了他的《论类比法》（De Analogia，关于语法变格变位的书），他也不经意地批评了西塞罗对普遍做法的让步 ①。

当然在《战记》写作过程中，很难说恺撒是否坚持了他的传统正字法。总的说来，依照手稿的传统可能不应该这样做 ②，但是这种传统并不是一种导向，他也可能设想自己写作的《战记》在理论上不能做到精致的细节（niceties）。他那著名的劝诫即避开"奇怪又陌生的词"（inauditum atque insolens verbum）则毫无疑问是反对（语言的）新词汇或新表意法（neologism）的，但是他可能只关注有理论依据的语法形式。就像爱德华·诺顿（Eduard Norden）在《古代艺术散文》（antike kunstprosa）所说的一样，拉丁语在结构上越来越系统化，而词汇却走向化繁为简的过程。诺顿是这样举例证明的：公元前 186 年禁酒令（in the second-century de Bacchanalibus of 186 B.C.）中有四个不同的词表示"合谋"的意思："coniurare，convovere，conspondere，compromittere。"但到了西塞罗时代只有"coniurare"还在使用。这就可以推测出，恺撒也似乎时不时地需要咬文嚼字，确定哪一个更加合适。对恺撒而言，要表述"河流"的概念只能用"flumen"（江河），绝不会是"fluvius"（这条河）或者"amnis"（流水）。恺撒的简约（economy）成了拉丁语的新传统——用纽曼的话来说："用词经济而准确，多一分太多，少一分则太少。"这种简洁明了的风格正适合战记这种文体，也没有排斥"精彩高雅的演讲，其实也是充满了热情的风格"（mira sermonis elegantia，cuius proprie studiosus fuit）。

16

---

① 见亨德里克森（Hendrickson，G.L.）：《恺撒的类比；其场合，性质和日期，附加的信息》（The De Analogia of Julius Caesar；Its occasion，nature，and Date，with Additional fragments.），选自《古典文字学》（Classical Philology.）1906 年 4 月第一辑，第 97 页。
② 见奥德法瑟和布鲁姆（W.A.oldfather and G. Bloom）《恺撒的语法理论及实践》（"Caesar's grammatical theories and his own practice"），《古典杂志》（class. Journ.）XXII（1927），第 584—602 页。

恺撒《战记》的主题是他的生平所为，而这又带来另外一个问题，就是这种写作是否像更传统的《战记》那么客观。这有点类似自传体，就算不是，也是一种对某个伟人所领导的事情的描述。很多大人物早就开始通过写作为自己的所作所为进行辩驳，或者如那些罗马贵族所称颂的那样，写作是为纪念自己对罗马共和国作出的贡献，而留下的所谓"不朽"的证据。就像那些牧师，在自己的墓碑上刻上自己的遗愿，以此来作为他们自己的编年记录。当西塞罗写《布鲁图斯》(*Brutus*) 时，他引用了两部作品：一部是马库斯·阿米利乌斯·司哥路斯（Marcus Aemilius Scaurus）的《你的生命》(*de vita sua*) ①；另外一部是卢塔久斯·卡拉斯（C. Lutatius Catulus the elder，执政官）的《元老院记事》(*de consulate suo et de rebus gestis suis*) ②。西塞罗这样写道："柔软的善意的如色诺芬般的言辞。"(molli et Xenophontio genere sermonis. 色诺芬，古希腊作家，苏格拉底弟子）。比起高尚的名声，阿米利乌斯·司哥路斯更喜欢持续的好运，因此他的作品说起来，部分像是"对生命的歉意"(apologia pro vita sua)。尽管被盖乌斯·马略（Gaius Marius）的功绩所掩盖，但卢塔久斯·卡拉斯在意大利北部的战争是他在整个军事生涯的亮点。他把这本书献给诗人弗里乌斯（A. Furius），并且可以合理地推测出 ③，他希望他的朋友可以把辛布里战争（cimbrian war）写成史诗，这样他的功绩就可以不朽了。西塞罗说，尽管司哥路斯和卡拉斯的书今天已经没有人阅读了，但是我们不能局限于字面意思（au pied de la lettre）。盖乌斯·普林尼·塞孔杜斯（拉丁语：Gaius Plinius Secundus，23 年—

17

---

① 西塞罗：《布鲁图斯》(*Brutus*)，29，112；老普林尼（Gaius Plinius Secundus）：《自然史》(一译《博物志》)(*Naturalis Historia*) XXXIII，21；塔西佗（Publius 或 Gaius Cornelius Tacitus）：《阿古利可拉传》(*Agricola*)，I，3；马克西穆斯（Valerius Maximus）：《善言益行录》(*Factorum et dictorum memorabilium*) IV，4，II；弗朗提努斯（Julius Fraontinus）：《谋略论》(*Strategemata* 1990) IV，3，13。
② 西塞罗：《布鲁图斯》(*Brutus*)，35，132。
③ 彼得赫曼（Peter，H.）：《古罗马历史学家残本》(*Historicorum Romanorum Reliquiae*)，第二辑，I，P.CCLXV。

79 年 8 月 24 日，常称为老普林尼或大普林尼，古罗马作家、博物学者、军人、政治家），以《自然史》（一译《博物志》）出名，普布利乌斯·科尔奈利乌斯·塔西佗（Publius 或 Gaius Cornelius Tacitus，也译作塔吉突士，55 年？—117 年？，罗马帝国执政官、雄辩家、元老院执政官）以及马尼乌斯·瓦莱里乌斯·马克西穆斯（Manius Valerius Maximus，古罗马历史学家）了解司哥路斯的自传，弗朗提努斯（Frontinus，40 年—103 年，古罗马政治家与军事将领）著作中的参考内容恐怕最终也是源于同一本书。经过了两个世纪后，当弗朗特（Marcus Cornelius Fronto，100 年—170 年，古罗马修辞学家与文学家）谈到卡拉斯的消息（epistulae）时，也可能是卡拉斯书中说的他到元老院的差事等书中的材料。更多的相关内容来自苏拉的二十二本书，如果从古代的参考文献来看，恐怕标题是"苏拉的评论"（L. Cornelii Sullae commentarii rerum gestarium）。在普鲁塔克（Plutarch，46—120A.D.，希腊文写作的罗马传记文学家、散文家以及柏拉图学派的知识分子）的《马留记事》（*Lives of Caius Marius*）和《苏拉记事》（*Lives of Sulla*）中可以清楚地看到，这些独裁者在思忖和掂量他们的对手和敌人时，没有写"没有愤怒和决心"（sine ira et studio），而是用"带着爱"（con amore）描述自己。当然，如果只是猜想作者是否在写作时怀疑过真假，或者罗马的高官贵族们读恺撒的《关于自己成就的战记》（*commentarii rerum gestarum*）时会思考作者到底是公正地描述了事实，全部事实还是满篇谎言，都显得很无聊。我在下面的章节（pp.22ff.）会讨论这个问题。但完全可以说生平功绩（res gestae）的因素应该在评论恺撒作品的综合的文学特征时被考虑到。

最后，在恺撒的作品里有一个因素影响了作品的内容和风格：作者的个性。考虑到恺撒是被公认为（omnium consensu）有技巧的文人，实际远非如此——他是一个内心充满活力的人（vivida vis animi）；总是带着非凡的决心和智慧；伤感得被认为是"拥有令人可怕的警觉性，并且可以预测发生的速度和发生的对象（的能力）"

（ portent of terrible vigilance，speed and application ）^①。不管恺撒采用何种写作的方式，如何保留原有的传统，文章中依旧处处凸显他的个性，因此完全可以说恺撒的战记是在平凡的文体里，透露出非凡的天资。

---

① 西塞罗：《致阿特提库斯书》(ad Atticum) VIII，9，4。

第二章 《内战战记》写作目的和主要内容

　　总有人在揣度恺撒撰写《战记》的目的。也有人会说他经常不露痕迹地要达到政治性目的，或者至少为他的飞黄腾达铺路。在罗马那个时代，各类宣传都是为实现政治野心服务，因此大家很自然地认为恺撒也不例外地利用各种方式，为自己的利益或者他愿为之献身的利益服务。在内战爆发时，如果他不对罗马政治作任何评价，而只为自己辩解的话，这可能被视为某种"艺术"了——一种"隐藏（真相）艺术的艺术"。众所周知，托马斯·艾塞尔伯特·佩基 ①先生说过："恺撒的高卢战争确实是个手段巧妙的政治宣传册，以'高卢分为三个部分'开头。"这种说法很难辩驳，但它却不完全准确。恺撒的写作中有"宣传"的元素，但不是最主要的，也不是最重要的元素。

　　宣传不是空穴来风。应该考虑的是，作品有什么可宣传，针对谁的？ 当克里斯蒂安·马蒂亚斯·特奥多尔·蒙森 ② 宣称恺撒的《战记》是一份民主的将军写给民众的报告，他认为恺撒是民主的战士，带领人民反抗一群盲目又不称职的贵族的将领。然而这一观点对恺撒也不算公正。除非恺撒不能实现目的，个人野心、政治野心，或者其他方面的野心，他依然积极呼吁人民争取主权来反抗压迫。但是，人民的呼声就是他自己的呼声。像大多数罗马

---

① T. E. Page：（1850 年 3 月 27 日—1936 年 4 月 1 日），英国古典学者。
② Christian Matthias Theodor Mommsen（1817 年 11 月 30 日—1903 年 11 月 1 日），德国古典学者、法学家、历史学家、记者、政治家、考古学家、作家，1902 年诺贝尔文学奖获得者。

人一样，社会地位促使他们支持罗马，恺撒所追求的罗马精神就能够对抗所有来犯者。但他一定已经意识到，长时间以来，在大多数问题上，元老院永远排在罗马人民的前面。元老院由执政官和其他元老（consular）掌控，护民官也会干政。选举时的各种影响，不管好亦是不好，都会影响选民的选举。保民官有可能会在平民大会（consilium plebis）上提建议，但是保民官可以相互否决，一人即可。而且根据惯例，元老院能解决很多问题，尤其是地方行省总督最为关心的问题。当他回到罗马时，由上层阶级操纵的法庭就可能要审判他的行动，而且也没法对这些法庭的判决进行上诉。如果缺乏足够警卫，有时城市暴民可能会阻碍或干扰公共事务的进行，这 21
些乌合之众都是没有受过教育的人。意大利某些城镇拥有良好的商誉，或者公众舆论对某个提案表示支持，对选举来说，都是很有价值的。但是如果当地贵族不辞辛苦，带着他们的客户一起到罗马时，这种情况也可能被他们所操纵。当然在大多数场合下，元老们或在元老院，或私下里，或写信给他们的朋友，来提出"公众"的意见。恺撒煞费苦心地与一些政治家（如西塞罗）进行书信往来，因为这些人能影响公众舆论。恺撒的任免权能帮助他的朋友及朋友的朋友。为其政治目的，有钱的执政官用自己的或罗马骑兵团的财富，拉拢选举或法庭上的选票。而行省的长官还要考虑已有的经济利益，以免得罪那些对他造成不利影响的富人。在老省以外的高卢，恺撒没有经济上的旧患，但新的利益可能会帮助或者阻碍他。在意大利，很少有人可以服务于某个将军，虽然恺撒在去高卢之前还没有掌控大批军队，但那些曾在他麾下的人，大多数还跟着他。

因为上述的原因，再加上古书缓慢的流通、二次流通是甚至可能只是言论或私人信件来传播，致使恺撒意识到，无论是考虑目前的 22
利益，还是未来的声誉，他必须写作。恺撒首先是为自己阶级而写，当然更重要的是为罗马的贵族政治而写，因为那些人把军事技能和成功视为至高无上的。恺撒在他自己的军队里的影响，不仅取决于他的成功和他的个性对官员们的影响（这些官员在层次优先等级排列中，从总督助手往下到百夫长），还取决于对自己的军团的影响，而这些是军队高度发达的军事传统和纪律的束缚所不能保证的。第十军团的人不需要等到《战记》的出版，就能了解到恺撒对他们的看法以及相信他们所能取得的成就。

选举要职之前出版《战记》，或许可以获得最需要最广泛的效果。因此恺撒最早的计划可能是，在参选第二任执政官的几个月前出版他的《战记》。但除了出版时间，如果大众可以接受恺撒年复一年地继续撰写《战记》，书的写作的主要还是记载恺撒对当时事件的描述，这部分满足了一种对自己和他人行为理智评赏的需要，部分满足了读者对军事技术的浓厚兴趣。这些技术恺撒对自己的人基本都传授过，其中也包括了对人和事的掌控。最后，他自己的价值（dignitas）的提升帮他取得要职、民意和荣誉，有助于他找到机会指导政策的制定和控制局面，有助于认识到他和战友们为伟大的罗马所作的贡献。敌人如果来攻打罗马，恺撒既不反对，也不试图贬低或谴责他们，因为如果设身处地，他也会做同样的事。但过去传承下来的传统教会了恺撒如何维持和扩张罗马的力量，他也愿意接受对于他成就的评判。他不需要通过写作来自吹自擂；让别人不能否认或者低估他的伟大（或不奖励他的功劳）反而更是他的目的。但是在某种意义上，这也是宣传，但若说恺撒的作品不值一提，无疑低估他写作的目的和质量。

不管恺撒的写作是否有不可告人的目的，我们需要了解的是，《战记》中的事件是以恺撒的立场进行讨论的，从这种意义上来说，这本书必然带有主观色彩。它的文体、内容、编排、《战记》的传统等都不能阻止这些主观色彩的出现。如果拉比埃努斯写《高卢战记》，或者庞培写《内战战记》，与恺撒的著作中的重点和说明都是不同的。不管一个人有多真诚，有多愿意用事实来说话，都无法绝对客观地描述他参与领导的重大事件。这些是他的一部分，和他看到在镜子里的自己一样，自己的行动表现与其他任何人看到的是不同的。当一个伟人需要判断他的助手或敌人的行动时，他一定用自己的标准来衡量，并关联上自己的命运和目的。拥有敏锐洞察力的恺撒，为了看到事物的本来面目，显而易见，他相信以他的聪明才智一定能从上至下洞察无余（de haut en bar）地看到最真实的状况。其他人的行为及事情发生的方式，都将成为他生平功绩（res gestae）的一部分。

虽然恺撒并不屑"虚荣地如孔雀开屏"，也不愿"骄傲地如嘶嘶鹅叫"，但他从不否定自己的功绩和叙述功劳的权利。当他写信给西塞罗谈及自己和敌人时表现得机敏又真诚，他这样说道："我没有别的期望，只是希望我就是我，而他们也活得像他们自己。"这并不意味着恺撒专横地隐藏事实真相，因为真相对他来说，是个好的仆人却也是个坏的主人。每当他需要判断自己行为的正确性时，不管是对自己还是对他人，怀疑总是不可避免的，哪怕对自己造成伤害也不在乎。例如，如果恺撒送战报（dispatch）到元老院，阻止他的敌人过分苛责他的行为或谴责他的行为目的，那么他就不需要写出真相（或者写出全部真相，或者什么都没有）。他的《战记》中，恺撒并不在意去否认他给元老院送的战报。

1. 关于高卢内战的第一部

《内战战记》可以帮助我们了解恺撒对各类事物的看法，以及他眼中别人或者我们自己的看法。而《战记》的形式效果在第一本书《高卢战记》中表现得最突出。以往传统形式的《战记》关注的是孤立的事件，只是单纯地就事记事。叙事越接近传统的形式，它就越像单纯地陈述一系列事件，就会越少涉及事件之间的相互关系。这可能是有意识或无意识地对事实真相书写的安排。第一部《高卢战记》的主题有两个：首先是恺撒打败了赫尔维西亚人，第二是恺撒打败了阿利奥维斯塔（日耳曼苏比国王）人的反抗。每场战争都是独立的，每场战争中恺撒都是主导者，因而在《内战战记》中可以找到他的生平事迹或自传性的内容。书中采用实事求是的方法，朴实、简洁又精确地叙述了这一系列战争，既符合恺撒的文学偏好，也符合作为《战记》传统撰写方式的要求。

许多学者都曾对《高卢战记》第一部是否揭露事实真相而颇有

25

26

微词。他们没有其他可用来比较的古代记录作参照，西塞罗的信件也无法提供任何帮助。恺撒的军官们了解战事，根据地方总督的惯例，这些军事行动，就算是很简单地汇报也一定会汇报给元老院。事实上有一个说法是，打败住在阿拉尔河对岸的提古林尼人，是拉比努斯而不是恺撒①。然而，事实的真相要追溯到拉比努斯本人，而他又不是一个公正的证人。大家都不难设想到，拉比努斯经常在恺撒的指挥下带领骑兵，进行攻击，等到恺撒和三个军团抵达，则战事结束。恺撒可能忘记了与拉比努斯家的宿怨：半个世纪前，拉比努斯岳父的祖父皮索（L. Calpurnius Piso）是被提古林尼人所杀害②。因此为家族报仇就成了拉比努斯义不容辞的责任。恺撒信任他的那些副将（legati），他们能够作为指挥官独立行动，这个插曲并未使他对军事行动的描述变得可疑。像大多数将军一样，恺撒有意识地或不自觉地夸大敌人的数量或他们的损失；他可能掩盖了过失，但他并没有掩盖这一事实：与赫尔维蒂人的最后一战会逆转——"战争一直是从两个方向展开（长时间地持续对抗和无法预测的结果）"（ita ancipiti proelio diu atque acriter pugnatum est）③；也没有掩盖在与阿利奥维斯塔的战役上，年轻的克拉苏及时采取行动并取得胜利的光荣事迹④。在放弃追赶赫尔维蒂人时，恺撒也没宣称这样做是把他们引入对自己有利的区域来予以反击，来以"其人之道还治其人之身"。

毫无疑问，恺撒冒了相当大的风险，保护罗马并不需要他进攻赫尔维蒂人，维护罗马的切身利益也不需要他对阿利奥维斯塔采取强硬的进攻。《内战战记》从形式上看，很自然地把恺撒与赫尔维蒂

---

① 普鲁塔克（Plutarch）：《希腊罗马名人传》（Lives of the Noble Greeks and Romans）恺撒，18，I；亚必（Appian of Alexandria）：《凯尔特人》（Celts）I，3，and XV；卡西乌斯·狄奥（Cassius Dio）：XXXVIII，32，4；恺撒和卡西乌斯没有谈到拉比努斯。
② 《高卢战记》I，12，7。
③ 《高卢战记》I，16，I。
④ 《高卢战记》I，52，7。

人和与阿利奥维斯塔的两场战役分开来写，在恺撒的功绩上，他们只是两次连续的进攻。但这一切是真的吗？或者说必须是真相吗？例如，当恺撒不准赫尔维蒂人进入行省，假如他并未和"罗马人民之友"的阿利奥维斯塔安排妥当，他难道不会告知塞广尼人，不能在他们的领土上，把那条所谓"易守难攻"的通道开放给外来者？ 28 塞广尼人是不敢违抗恺撒的。赫尔维蒂人可能放弃了他们的计划，而如果他们选择了一条更靠北的路线，他们就将远离罗马的管辖。赫尔维蒂人的外迁加上和高卢人的联军壮大了高卢的军队，这样他们可以摆脱日耳曼人的控制。就罗马而言，至少当时，无须费劲便可稳固他们的利益。这是一个相当典型的罗马巩固政权的过程，无论如何，高卢人都绝不会和日耳曼人联盟。事实上，如果恺撒的目标只限于维护罗马现有的利益，并关照罗马的朋友和盟友，包括他们的兄弟埃杜维人，那么各种的方案恺撒都可能采取。

很难说恺撒是否意识到这些可能的方案：至少从内容上看，《内战战记》没有把这些告知读者。恺撒一贯的行动符合他激进的作风。在公元前 60 年 3 月，罗马传来警报，执政官梅特路斯·塞勒尔将担任山外高卢（Transalpine Gaul）行省的下任总督，但梦想着取得胜利的西塞罗倍感失望，[①] 因为警报最后什么也没有。也许正是恺撒与赫尔维蒂人的战役，是他在高卢掌控局势的开始。如果大 29 家都这么认为的话，恺撒也无需澄清。但他确实说过，罗马不准蛮夷人进犯任何一个省份。他提醒读者，五十年前，外来人给罗马带来了很多危险。他说："恺撒不能等待，不然赫尔维蒂人可能把所有盟友都摧毁，然后直指塞广尼人。"（Caesar non exspectandum sibi statuit，dum omnibus fortunis sociorum consumptis in Santonos Helvetii pervenirent.[②]）他跨过外省，袭击并最终打败了赫尔维蒂人，迫使他们中的大多数人和他们的盟友返回家园，以免日耳曼人通过这个"中空地带"，进而威胁罗马诸省。

---

① 西塞罗：《致阿特提库斯书》（ad Atticum）I，20，5。
② 《高卢战记》I，II，6。

恺撒的胜利给高卢中部部落留下了深刻印象。这些高卢人因为日耳曼人跨过莱茵河增援阿利奥维斯塔，壮大了他的力量，使高卢人深受其害。因此，两年前曾向元老院求助的前罗马埃杜维人领袖古斯，现在转向恺撒求助，这也是毫无疑问的。恺撒可能早有了宏图大志——"只有恺撒，可以利用他自己本人或他的军队的威望、利用新近取得的胜利，或者利用罗马人民的名义，阻止他再把更多的日耳曼人带到莱茵河这边来，保障全高卢不再受阿里奥维斯塔斯的蹂躏"（Caesarem vel auctoritate sua atque exercitus［vel］recenti victoria vel nomine populi Romani deterrere posse ne maior multitude Germanorum Rhenum traducatur，Galliamque omnem ab Ariovisti iniuria posse defendere①）。这是他通向权势的跳板。他向高卢贵族保证"他非常希望阿利奥维斯塔出于善意或者权威，能够结束对高卢的压迫"（magnam se habere spem，et beneficio suo et auctoritate adductum Ariovistum finem iniuriis facturum②）。随后，他陈述了一系列的注意事项，他说这些事项让他"为此目的考虑接受"（你们的要求）（"ad earn rem cogitandam et suscipiendam"）。这些事项绝对不能违背罗马的利益，要给罗马带来荣誉和威望，也有从辛布里人和条顿人（the Cimbri and Teutoni）的时代起，甚至更久以前一直到当时——"根据这种种情况，他认为非迅速采取行动不可"（quibus rebus quam maturrime occurrendum putabat），来结束这一切一直让罗马感到恐惧的事。当然这些可能在事成之后，恺撒打算向元老院报告他的宏图大志。他还补充了一句话，揭露出真相："阿利奥维斯塔表现出来那种自高自大、不可一世的态度，也是件难以忍受的事。"（Ipse autem Ariovistus tantos sibi spiritus，tantam adrogantiam sumpserat，ut ferendus non videretur③）这说明事实上恺撒认为唯一的解决办法是战争。他知彼知己，用铁腕引导和谈走向既定的结局。

---

① 《高卢战记》I，31，16。
② 《高卢战记》I，31，I。
③ 《高卢战记》I，40，7。

因此，正如恺撒记述的那样，在维森齐奥（位于法国东部汝拉山边缘）平定早期叛乱时，他的手段及个性开始占据优势。虽然他似乎认为阿利奥维斯塔的问题会和平解决，即使不能，他也有自信可以解决。"总的说来，这是在赫尔维蒂人的领土上作战，甚至在（日耳曼人）的领土中作战的军队，虽然他们战绩不错，却不是我军的对手。"（"Denique hos esse eosdem quibuscum saepe numero Helvetii congressi non solum in suis sed etiam in illorum finibus plerumque superarint，qui tamen pares esse nostro exercitui non potuerint."）后来拿破仑也表现出如恺撒般的气势："就是这些普鲁士人今天在这里自吹自擂，昔日在蒙米赖山是我们一个对抗他们三人，在耶拿我们一人对他们九人。"（ces mê mes Prussiens qui sont aujourd'hui si vantards étaient à 3 contre 1à Jéna et à 9 contre 1 à Montmirail）

接下来，恺撒写出了他独到的为军领兵之道，这也是伴随他终身的艺术。他演说的可信度无需质疑 ①，特别是其中脍炙人口的结语："即便真的再没别人肯跟他走，只剩第十军团跟着，他还是照样继续前进。毫无疑问，第十军团一定能够这样做，他们正可以做他的卫队。"（Quod si praeterea nemo sequatur，tamen se cum sola decima legione itxirum，de qua non dubitet，sibique earn praetoriam cohortem futuram.）在恺撒的笔下，《内战战记》处处表现出自己知人善用的个性，这毫不夸张，也无需过多解释。恺撒常常告知元老院贵族及军队百夫长们，无论是常参与政议的资深人士，还是普通群众，这些罗马人生来好战，又善于吸取残酷历史留下的经验教训。他知道百夫长下达命令时，第十军团的士兵会如何回应。打仗时他的军队奋勇杀敌，给了阿利奥维斯塔致命一击，敌人的剩余力量逃到莱茵河对岸，与那里苏伊比人聚集之后重返家园。

事实表明，恺撒做执政官时，他声明阿利奥维斯塔是罗马人民的朋友，做地方总督时，却向他开战。但是我们不清楚在他执政期

---

① 事实上，并没有在普鲁塔克的《恺撒》（19）及卡西乌斯的高谈阔论中被质疑（XXXVIII，36—46）。

间，何时被授予的头衔：是在征服山外高卢之前还是之后就任地方总督的？如果是以前，也许是之后，恺撒可能被收买了，只能是这样了。他需要资金，罗马需要朋友，只要罗马还需要他们就可以。如果阿利奥维斯塔不能给罗马任何帮助，那他就不是罗马的朋友：朋友有朋友的职责。演说家总是花言巧语地掩盖这一事实。假如阿利奥维斯塔打败了恺撒，那恺撒的疏忽就会变成一项罪名，并最终招致杀身之祸。成王败寇，成功才能免责，除非已经被"批判"了，那么在法庭上被判有罪或无罪都一样了。罗马称阿利奥维斯塔为朋友也许是政策所趋，把他当作罗马的老兄弟埃杜维人一样对待，就好像抛弃旧爱之前寻个新欢一样。无论出于什么原因，与阿利奥维斯塔的友谊都备受争议（这是恺撒造成的①）。对罗马人而言，阿利奥维斯塔应该有一套行为准则，反之亦然。除了罗马，恺撒没有义务奉承阿利奥维斯塔，如果罗马以及后期的罗马共和国一定要按什么标准评判罗马人的话，那就是成功。元老院有多么担忧日耳曼人来犯，大家无从考证。虽然日耳曼人的暂时消失可以带来眼下战乱的减少，但日后这种混乱的局面会更为复杂，会给后世造成灾难。无论恺撒于何时写下关于公元前 58 年的内容，那年的事件，就其本身而言，在他的年终算总账时都是有意义的——"恺撒在一个夏季中完成了两场重要战役"（una aestate duobus maximis bellis confectis.② ）。

33

第二部

在公元前 58 年的秋天之前，恺撒就已经把军队部署在塞广尼人的领地上，多数在贝桑松维索提欧的阅兵广场附近，预备过冬。为行使作为罗马总督的和平管辖权，他退到（阿尔卑斯山）山南高卢。至于恺撒如何向元老院解释为何不把军队部署在自己的地盘上这个

---

① 《高卢战记》I，43。
② 《高卢战记》I，54，2。

问题，书中找不到答案。这样做却导致了比利其人（居于现今比利时及法国北部的一支高卢民族）的不满，这个民族曾被恺撒视为高卢最好战的民族①。当恺撒了解了这一切后，他又在阿尔卑斯山的一侧部署了两个军团；与此同时，他返回军队，但当时已经是季末，他的军队粮草储备相当紧张，比利其人又有了充足的时间备战。这些分歧严重影响了罗马内部活动，却让北部的雷米人（Remi）归顺了罗马，"他们愿意将自己本人和全部财物都交给罗马人保护和支配，他们既没有和别的日耳曼人通谋，也没参加对抗罗马人的联盟"（qui dicerent se suaque omnia in fidem atque potestatem populi Romani permittere，neque se cum Belgis reliquis consensisse neque contra populum Romanum coniurasse②）。一切都按部就班：罗马的敌人要谋反；莱茵河这边的日耳曼人与比利其人结盟；同时罗马又有了新的需要保护的臣民。恺撒既勇猛善战，又步步为营，既击溃了敌军的中心力量，又粉碎了部落间的围剿。一切都按计划进行，但是内尔维依人还是让恺撒大吃一惊，这场胜利可以说是他生涯中最难打的战争之一。"那天，他征服了内尔维依人。"在以后的章节中会分析他的记述（69页）。恺撒声称，几乎彻底歼灭了内尔维依人，接着要对付的是阿图阿图齐人（Atuatuci），他们违背了投降协议中的条款，恺撒便占领了他们的主要城镇，超过五万名居民被卖为奴隶。这次战争是罗马理性外交和残酷军事打击相结合的一个典型，罗马人靠胜利来证明自己。恺撒派小克拉苏斯（Publius Licinius Crassus）带兵到高卢西南部，接着有消息说，大西洋海岸的部落已经臣服罗马。最终，这份报告是积极的，但它让恺撒达到了目的。他说，莱茵河以外的部落派遣特使前来求和，他们承诺交纳人质，服从恺撒的命令。他命他们来年初夏再次交纳人质，因为他急于进军意大利北部和伊利里亚③。他派人禀告元老院后，举国上下为他庆祝了半月

34

35

————————————

① 《高卢战记》I，I，2。

② 《高卢战记》II，3，2。

③ 《高卢战记》II，35，1—2。

之久——这是前所未有的荣誉 ①。

第三部

第二本书在胜利的号角声中收尾了。然而这些战争也显示，恺撒可能高估了他的军事成就。在他给元老院的信中提到，为穿越阿尔卑斯山，他派塞尔维乌斯·加尔巴带领一个军团和一些骑兵前去打通线路，以备在山间越冬。然而不幸的是，加尔巴未能如愿，在勉强打赢一场防御战后，带兵撤回罗马 ②。

很难评判恺撒在多大程度上高估了自己在高卢的地位。就像他说的，他有理由相信他平定了高卢，至少高卢没有人武装反抗罗马，所以阿尔卑斯山之外的罗马是安全的。当罗马的和平局势被打破的消息传来，恺撒开始控制伊利里亚，并且试图熟悉这个区域。同时，高卢西海岸的维尼蒂人已经开始叛变，他们挟持了罗马官员作人质，以此为条件，要求归还向小克拉苏斯（Publius Licinius Crassus）交纳的人质。不管之前恺撒有何种考虑，但他知道高卢人害怕一直臣服于他人："虽然他们轻易挑起战争，但所有人都热爱自由，憎恨被奴役。"③ 维尼蒂人吹响了战争的号角，恺撒则带兵亲自前去镇压，通过他组建的舰队，打赢了这场海战，维尼蒂人的希望幻灭了，最后还是无奈地选择了投降。虽然他们无比热爱自由，但市政委员（councilor）被处死，其余的人被卖为奴隶。即便如此，高卢尚未完全和平，比如在索姆河和莱茵河之间有两支沿海部落：莫里尼和梅纳比仍然处于武装割据的状态。夏天剩下的日子也不多了，速战速决尚可行，但是倘若敌人逃到森林和沼泽地来休整并伺机反攻，对恺撒而言就难以解决了。

毫无疑问，恺撒向元老院报告了他和维尼蒂人的战役，以及他

---

① 《高卢战记》II，35，4。
② 《高卢战记》III，1—6。
③ 《高卢战记》III，10，3。

和他的军事副官们取得的战绩。但是，相比去年他"解放了高卢"的言辞，这次汇报则更令人信服。恺撒并没有邀功请赏，他可能开始相信，高卢的问题在高卢是无法解决的。公元前 56 年间，恺撒与庞培和格拉古斯达成协议后，他的政治地位得到了巩固，而他对高卢的控制一直持续到公元前 50 年前后。因此，作为执政官的恺撒如果想制定长远的规划，那就完全没有问题，而且还可以把日耳曼和不列颠纳入计划之中。事实上，第二年发生了三件大事：他快速击退了日耳曼人的入侵；完成了两次侦察：一次跨越了莱茵河，另一次则跨越了英吉利海峡。

第四部

公元前 58 年，恺撒把日耳曼人阿利奥维斯塔赶出高卢。公元前 56 到前 55 年的冬天，他开始意识到，一股新的势力正在入侵高卢，这背后真正的导火索是股危险的势力：苏伊比人——拥有"一支最庞大最好战的日耳曼军队[1]"。他解释说，他们把乌西皮特（Usipetes）和滕克特里（Tencteri）两个部落赶出他们的家园，而这两个部落最终越过莱茵河下游进入高卢，来寻找栖息之地。恺撒的这次出征要比往年早，在向他们发起进攻后，他用计策和近乎残忍的手段消灭了这两个部落。然后，他决定从莱茵河上建桥，来进入日耳曼。恺撒这样解释他的行动理由：为了阻止日耳曼人进一步的进攻，通过（建桥）来表明罗马人能够而且已经准备好过莱茵河；并且强调苏刚布里人（Sugambri）人在右岸，以此让寻求罗马庇护的乌比人（Ubii）相信，一旦需要，罗马能够帮助他们打败苏伊比人（Suibi）[2]。在十八天的时间里，他把苏刚布里人的领地夷为平地，向乌比人炫耀了他军团的实力，并返回了高卢，当然也没有留下他建设的桥梁。但他没有冒进地转向苏比伊人开战，因为那时他们已

---

[1] 《高卢战记》IV，I，3。
[2] 《高卢战记》IV，16。

经集中在自己领域后方，留给他一片空地。恺撒则宣称他已完成了所有的已定目标。

然后，虽然夏天接近尾声，恺撒仍在短期内进攻了不列颠。他说，在高卢几乎所有的战役中，不列颠人都向敌人提供了帮助，因此熟悉一下不列颠的土地、港口和码头对自己的将来有帮助，因为高卢人对此几乎一无所知[①]。不列颠人对高卢人的帮助及高卢人对不列颠人的无知也是值得怀疑的，很可能是恺撒想知道真正的入侵不列颠需要做哪些准备，也许有其他原因，比如以此来影响罗马社会。公元前56年，西塞罗在他关于《执政官战记》的讲话中认为，罗马不仅要征服宿敌，还要开拓疆土[②]。大约十年前，庞培的崇拜者就以同样的方式，吹嘘他在东方的成就。日耳曼仍然是一片未知的领域，不列颠靠近世界的尽头，对罗马而言也是一个谜。一直以来，罗马人就像是探险家，手握探索之剑四处寻觅。如果恺撒的主要目的是军事的胜利，而不是好奇心所驱，想走亚历山大远征印度的道路的话，他的野心带来的影响将会让他记忆深刻。无论向日耳曼人的展示武力，还是对不列颠的远侦调查，都不是罗马大幅扩张势力的结果。当然也不是完全没有影响，因为元老院决定对恺撒的胜利举国庆祝二十天。到了冬季，罗马做了充足的准备，打算明年率领一支更强大的军队向不列颠开拔。

第五部

在高卢，恺撒曾试图增强罗马的老盟友——埃杜维人的影响力，并加强作为他亲信的当地首领的权利。因为这些原因，恺撒遭到了英度马勒斯（Indutiomarus）的怀恨，后者是特维希部落里一位出众又坚强的首领。为了两国交好，高卢贵族甘愿做人质，和罗马大军一起去不列颠。埃杜维人的首领杜诺列克斯因逃跑而被追杀，很明

---

① 《高卢战记》IV，20，1—2。
② 13，33；同样参考卡图卢斯（Gaius Valerius Catullus）II，9—12。

显，高卢的领袖们最希望的是成为罗马的客人。虽然拉比努斯手下有三个军团的部队都在守护着罗马在高卢的利益，但是恺撒知道他不能在不列颠停留太久。东南部的不列颠人中有个叫卡西维拉努斯（Cassivelaunus）的人，他是个了不起的首领，带领大家反抗侵略，直到最后恺撒将他降服，并接受他的投降来保全罗马威望。这就是恺撒在不列颠所做的事，之后，他返回了欧洲大陆。

此次战争的战斗力和战术似乎都表明，这次扩张是恺撒的一次冒险的军事行动。因为恺撒回去后，在萨马罗布里瓦举行的一个高卢首领会议上，他开始焦虑不安。于是，在高卢东北部他把军团排列成一个大大的弧形。这么排列的原因是收成不佳，这是确保冬季储备粮安全的最佳方式。恺撒命令两个军团间距不能超过100英里，除非一个军团在十分安全的区域内，他似乎给出了一个危险的信号。他决定留在附近，直到所有的军团都加强了他们的阵地防御。他的担忧是事出有因的。英度马勒斯（Indutiomarus）发生了一场有组织的大规模叛乱，伊布若恩人（Eburones）在安比奥里克斯（Ambiorix）的带领下镇压了第一次叛乱。安比奥里克斯是个既能干又无情的领导，他手下的两个副官：萨比诺斯和科塔带领一个军团和五队步兵，这队人马中了敌人的调虎离山之计，几乎无一人生还。内尔维依人（Nervii）袭击了西塞罗的营地。从他们的数量上看，恺撒声称三年前几乎摧毁了内尔维依人（Nervii）这一谣言便不攻自破了。西塞罗被请到安全的地域，他并没有被骗到，而且态度坚定。事实上，在西塞罗派一个奴隶向恺撒求助之前，恺撒对当时的危机形势还一无所知。恺撒的副将拉比努斯被德来维里人（Treveri）拖住了。恺撒虽以迅雷不及掩耳之势救了西塞罗，然而这还是成败机会均等的事件，因此恺撒在高卢的整个冬天都忧心忡忡，只有埃杜维人（Aedui）和雷米人（Remi）可以信任。恺撒说，看到反抗罗马的准备并不奇怪，但是比起其他原因，向罗马投降意味着完全丧失了声誉，就连那些最勇敢和最好战的部族也会心生怨恨。①

---

① 《高卢战记》V，54，5。

在恺撒统治高卢的第三年和第四年，他似乎倾向于主动出击；但到了第四及第五年的冬天，他采取以守待攻。英度马勒斯（Indutiomarus）和安比奥里克斯（Ambiorix）怀有狼子野心，可谓是罗马人的宿敌，拉比努斯设计引蛇出洞，杀死了英度马勒斯——"远见和计划由命运来证实"[1]。这次成功使高卢暂时平静下来。三支军队的增援，补充了萨比诺斯和科塔损失的兵力。"这次增援规模浩大，动作神速，罗马凸显了其强大的组织能力和丰富的资源优势。"[2]

第六部

公元前 53 年，正式竞选季还未开始，恺撒就已出征，重新确立了罗马对高卢中部的控制。德来维里人（Treveri）向拉比努斯投降，他找来一位忠实的酋长统治他们。然而，安比奥里克斯还活着，恺撒认为有必要阻止莱茵河对岸的门奈比人（Menapii）人来帮助他，门奈比人还没有向罗马投降的迹象。恺撒横扫了门奈比人的领土后，决定二渡莱茵河。但他马上又意识到，如果他跑得太远，就不能与苏伊比人一决胜负，所以他再次停止进攻，但是在莱茵河上留下一部分桥梁，表明他可能还会到对岸日耳曼人那边去。

此后安比奥里克斯的国家四分五裂，却还掩耳自欺，偏居一隅，称为和平。安比奥里克斯广发英雄帖，让大家去抢占厄勃隆尼斯（Eburones），结果苏刚布里（Sugambri）的两百名骑兵欣然接受。那时西塞罗在阿图阿图卡（Atuatuca）看管着恺撒大军的军需，而骑兵们想在西塞罗身上碰运气，攻其不备。由于西塞罗的粗心、新兵的恐慌，他们差点儿得逞：事实上，是那些英勇的百夫长和老兵们阻止了这场灾难。恺撒抱怨命运欺骗了他，[3] 他所做的一切只为

---

① 《高卢战记》V，58，6。
② 《高卢战记》VI，I，3。
③ 《高卢战记》VI，43，3。

生擒安比奥里克斯，却功亏一篑。他处决了一名高卢首领，此人暗中谋反还放掉了一群待审讯的人。恺撒在德来维里人和林贡斯人（Lingones）区域各布防了两个军团，其余六个则集中分布在高卢中部。这样部署是出于恺撒的不安，但冬天他还是按计划回到了意大利。①

第七部

这本书是《内战战记》的高潮部分。它以"平静的高卢"开始讲起，接着以编年史的形式列出了恺撒是如何在逆境中一次又一次锻造了他过人的胆识和非凡的才能。正如他计划的那样，"平静的高卢"几个字证实了他没有前往阿尔卑斯山南面，但是这样的事实也被当时的局势所掩盖：因高卢自由的丧失而产生的社会不满；他之前对罗马政治危机的关注而产生的希望；恺撒所不知道的新领导人领导民族运动的进展；为重新回归军队，恺撒面临的困惑和危险等等，因此，即便以他的神速和充足的后备，也很难在冬天打败敌人。他盛赞拉比努斯"突然面临这些严重的困难，他了解到只有依靠自身的坚毅，才能脱身出去"（tantis subito difficultatibus obiectis ab animi virtute auxilium petendum videbat）②，也说明了他对上述困难的反应。

当恺撒的军队战斗力达到顶峰时，高卢遍地都是他的敌人；罗马也几乎没有朋友，就算有的话，也不一定忠诚。就连忠心耿耿的康谬（Commius）③也没了底线，高卢人也起内讧了，高卢阿维尔尼人维钦托利（Vercingetorix）借机带兵起义。而他的父辈在高卢身居要职，是一个大无畏的常胜将军。传统的罗马政策：如发展罗马与友国的关系，信任友邦王子，最重要的是获得埃杜维人的力量等都

44

---

① 《高卢战记》VI，44，3。
② 《高卢战记》VII，59，6。
③ 见原书79页，译文51页。

是恺撒所追求的。但是在这样的危机中，这种政策有害无利。镇压任何叛乱都是耗时的，在阿瓦砾卡的那次围城虽然成功了，但却用了二十七天宝贵的时间。日尔戈维亚（Gergovia）的围城以失败告终，恺撒认为他的军队超越了他的决定权，即使是这样，他也没能掩盖过失。就算恺撒和拉比努斯大势仍在，似乎也不可能把持这个主动权，在有利条件下进行一场生死的决战。

45　　文章的叙述速度非常紧迫，近乎焦虑。埃杜维人那里的防御系统主要靠人质。当他们举兵进军罗马人时，这个系统很快崩塌，似乎征服高卢的大冒险可能以失败告终。罗马外省迅速组织防御，恺撒又被敌人包围，不得不使出浑身解数挽救不利的形势。维钦托利遭到反击，受到重创，退回到了阿莱西亚，而恺撒冒着极大风险去围剿他；与此同时，高卢组建大军，希望毁灭恺撒的军团。恺撒的防御一旦失败就会全军覆没，他也难逃一死。这种情况如果发生，不知道恺撒该如何渡过难关，但从他的叙述中也看不出什么波澜起伏。战斗达到了高潮，凭借军团的战斗力、恺撒的精力和勇气取得了胜利。战争结束，维钦托利投降了，罗马军队做好了部署管控高卢中部。《高卢战记》结尾写的是，消息传到元老院，通过了一次为时二十日的谢神祭。冬天，恺撒待在比布拉克特，他知道那里需要他。他的副官希尔提乌斯，在"第八册"中描述了后两年发生的事件，以"高卢当时已全部敉平"（Omni Gallia devicta）开始写作。

46 这本书的其余部分证实了这些话的可信度。但无论什么原因，恺撒很满意他在高卢取得的战绩，最终以给阿莱西亚宽大（crowning mercy）的对待来收尾。

第八部

当我们回头来看《内战》一书，就会注意到，它是从现行罗马历法新年的第一天开始的。因为那天发生了书中提到的第一件事。前两册大致讲述了公元前49年发生的事件，两册间有一本《战记》。倒是这一年发生的一些零星琐事收录在第三册，因此在《高卢战记》第二册和第三册之间最完好地保留着《战记》通过年份严格划分的标准（35 页）。在第一册的前几个章节中，恺撒从战争爆发的宪政方面，介绍了他的实际情况。恺撒自拥自立，就算欠谨慎，却不乏真诚。显然，他和他的部下都认为，共和国没有被按照他的功绩和贡献给予他应有的待遇。但是只要他的利益得到保证，恺撒是不会想到去推翻共和国的。为了自己的发展，他也愿意跟敌人妥协，至少部分妥协不是问题，比如恺撒与庞培达成协议，组成新的联盟，但其中他获得的好处多于他以前的结盟。民间分歧（civilis dissensio）不一定是来自伟大的内战（a bellum civile），是他的敌人让他不得不做这样的选择。正如恺撒在法萨罗所说，"我想"（hoc voluerunt）是他们弄成这样①。这个解释从恺撒和他敌人的言行里断章取义，很难判断真伪，但是也没有人找到客观证据来否定这些话。

从军事方面探讨军事行动时，双方都有一个按照"战略"（ratio belli）进行的客观评价基准。恺撒理所当然地不会牺牲任何军事优势来进行和解，他的敌人也如此。但如果能避免流血牺牲，提前达成目的，只要没风险，恺撒会乐于表现仁慈。多米提乌斯·阿赫诺巴布斯在科菲尼乌姆做的荒唐事儿，阿夫拉涅乌斯（罗马护卫军的长官）的悲观主义，佩特莱乌斯残酷的暴力，瓦罗的犹豫不决，马塞利亚（Massiliotes）人的言而无信，瓦鲁斯的胆怯，都揭露得一览无余，但是重新和谈后没有更多的麻烦事了。恺撒从意大利撤军后，没有追赶庞培，毫无疑问，就像他善战一样，恺撒的判断比西塞罗更加公正，而后者对此产生了抱怨。这里甚至没有提到拉比努斯陷入孤地的事，尽管从偶然的对话中就能推断出来②，他当时就在对方军营里。在某种程度上，努米底亚王朱巴一世对他在非洲的敌人提供帮助，也是合乎情理的③。

第三册的语调更为尖锐。梅特鲁斯，西庇阿，拉比努斯和布鲁

① 苏埃托尼乌斯（Gaius Suetonius Tranquillus）：《神圣的尤里乌斯》（*Divus Julius*），30，4。
② 《高卢战记》I，15，2。
③ 《高卢战记》II，25，4。

斯都遭到攻击。因为拉比努斯的激战，恺撒寻找和平之路的努力受阻，狂妄自大的野心、党派的仇恨、贵族盲目的自信皆被描写得淋漓尽致。我们无法否定庞培的才干，但是他在法萨罗的计划失败以后，出现精神错乱——"焦急等待着，陷入极其绝望中"（summae rei diffidens et tamen eventum exspectans）①。书中对庞培之死只是草草几笔了事，有些评论家认为用词都有些许讽刺的意味②。这本书似乎也反映了恺撒的焦虑，以及来自军队的压力。他在法萨罗胜利后，又得意洋洋，这样的自信所需要的勇气，"依靠他的功绩名声"（confisus fama rerum gestarum），并使他相信，对于他而言，到处都是安全的③。在这本书结尾章节，当恺撒发现自己面临的危险来自阿基拉斯（Achillas）的士兵们（soldateska）和波提纽斯的阴谋，他异常愤怒，这种情绪又突然终止。如果恺撒写下最后这句话"这是亚历山大战争的开始"，这些话似乎把话题转移了。有人暗示说④，书中前面的一句话中，恺撒处死波提纽斯定的声明是为了给庞培报仇而写的戏剧性结尾，但这种说法过于微妙，事实上，罗马人不会给庞培报仇，他的刺客阿基拉斯和赛维鲁斯都活着。《内战战记》并不包含这一年所有的历史事件，而且不管什么原因，此书在形式上仍然欠完整。

49

---

① 《高卢战记》III，94，6。
② 《高卢战记》III，104，3："他（庞培）登上小船，阿基拉斯和卢基乌斯·塞普提米乌斯的人动手杀了他。"（naviculam parvulam conscendit cum paucis；ibi ab Achilla et Septimio interfictur.）
③ 《高卢战记》III，106，3。
④ 巴维克（K. Barwick）：《恺撒的战记和他的语料》（*Caesars Commentarii und das Corpus Caesarianum*，*philologus Catull. Philologus.*）补充 XXXII，2，133F 页。

第三章　军人笔下的《战记》

　　希腊历史学家普鲁塔克表示①，恺撒否认与西塞罗敌对，因为　　50
他称自己为"军人"。当然这些话也有自嘲成分，因为恺撒很清楚，
在他那个时代，自己不是无话语权的无名小兵，而是极负盛誉的
雄辩家。即使他的语法著作《论类比》(De Analogia) 没写成，也
如罗马史学家马库斯·科尔内利乌斯·弗朗特 (Marcus Cornelius
Fronto) 所说，"那些飘忽的矛（目标）"(inter volantia pila)。无论
作为将军还是总督，恺撒都对学术性的语言形式表达有兴趣，以多
样化的文字写作也是他的风格，这种风格可以在他的诗作和《古典》
(Anticato) 这本书上看出来。虽然恺撒写《古典》算不上有多了不
起，但也有风险，因为在这个领域中，他不得不与希腊和罗马文学
中曾经写过类似的讽刺作品的杰出作家一决高下。《内战战记》的风
格将在后面的章节讨论。上述其他作品也足够证实恺撒是个杰出的
作家。

　　即便如此，恺撒的作品主题仍是军事相关，有罗马与高卢、日
耳曼和不列颠的战争，也有之后在内战中与罗马的将军和其他对手
的战争。当然这个话题不会激发现代读者的想象力，也不可能赢得
他们的同情。对高卢的征服也是如此，这是由长期的历史原因或非　　51
正义等因素造成的。也有争议说，因为高卢人内部分裂，他们在土
著蛮人和文明之士之间徘徊，日耳曼人又不断入侵，这些让人民苦
不堪言，反而臣服于罗马，不仅给他们带来了和平，还带来了文明

---

① 普鲁塔克：《恺撒大帝》，3，4。

与繁荣。但从长远来看，这些好处并不能减轻那些失去亲人、遭受奴役或掠夺的人的痛苦。在内战和在蒙达结束的西班牙冲突中，虽然有些人展现了对事业的抱负及对将军的忠心，但是仍然很难在无法确定取得胜利的斗争中保持斗志昂扬。大家都认为，内战是向元首制（Principate）的一个过渡，从大体上看，元首统治会造福于人类。但内战既不是唯一的途径，也不是最好的途径。如果没有内战，罗马可能成为一个伟大而仁善的国度，因为会有更多有识之士、慷慨之士，更多有人性的人来处理世俗事务，仅仅通过"给予和获得"就行。

这些反思本身是有益的，但人们对《战记》仍然充满了知识上的兴趣，不管它是否有效。恺撒的一切治兵之道都值得研究：无论出于何种目的，产生何种影响；不管是对自己的描述，还是对副将以及对手的记述。他麾下的军队战斗力强，沉着冷静，骁勇善战，兵力也逐年增长。军士们经优秀的百夫长数年的调教，对自己和指挥官都充满信心。一个老军团拥有这样强大的团队精神，像拿破仑的禁卫军或是现代军队的著名军团一样。没有经验的部队缺乏胆识，容易出现恐慌，这对任何军队都是灭顶之灾。虽然恺撒自己也有沮丧的时刻，比如当他在皮德纳看到马其顿人的方阵袭击他的军队时，看到坚毅的埃米利乌斯·保卢斯（Aemilius Paullus）有过沮丧 ①，但《内战战记》中没有记录这些，如果有的话，也是一笔带过。恺撒沉着冷静，有勇有谋，这也是马尔堡和惠灵顿人的突出特点，他希望指引他的副将和战士如此。

但是对于恺撒而言，战争首先是脑力的锻炼：他所谓的"战略"（ratio belli），绝不能被认为是过度自信或信心不足。他初到高卢时，作为一名经验相对较少的将军，他需要学习才有所收获，之后那个写《非洲战记》（Bellum Africum）的士兵把他的收获称作"了不起的科学管理"（mirabilis scientia bellandi）②。恺撒掌握了这种技能后，忍

---

① 普鲁塔克：《伊米留斯》（Aemilius），19，2。
② 《非洲战记》31，4。

不住过多地使用，显得有些小题大做，但从不为战争披上神秘的面
纱。恺撒认为，他的读者应该了解罗马战争的常规作战方法、军队
组织及其战术运用。如果出现一些特殊的军事情况，比如在又宽又
深、水流湍急的河面上铺架桥梁①，或在地中海遇到意料外的突然涨
潮②，还有军队在敌人埋伏的海岸上登陆，他才煞费苦心地解释如何
应对这些问题。恺撒的工程师设计了莱茵河上的桥梁，但他乐于描
述这个问题的产生及其解决方案，仅此而已——"这个计划中桥梁
的作用"（rationem pontis hanc instituit）。为围攻马西利亚，他的副手
盖乌斯·崔伯尼乌斯（Trebonius）建造一座塔楼，但是不知该用哪
种围城的战术。这个问题也得到了很好的解决："这是完美地设计。"
（Id hac ratione perfectum est）③《战记》对塔楼的建造，以及利用塔楼
的优势挖通了地道，攻破了城墙，等等，都有详细的描写。事实上，
这一举措并没有打倒马西利亚，马西利亚人虽遭叛逆，但在暴风雨
的辅助下，摧毁了所有这些人造的塔楼和地道。虽然塔楼和地道没
了，但似乎恺撒认为这事儿（塔楼的建造及围攻的战术）值得一提。
事实上，这样做公平显示出崔伯尼乌斯和工程师的聪明才智。但这
也表明，恺撒希望读者了解他自己在兵法实践中的兴趣。

　　这些例子说明了恺撒军事思想方法中的一面：利用才智，克服
物资困难，强调精神胜利。同时也可能说明他对战争中人为的内容
表现欣赏或者批判的态度，不管这些内容是一般的，还是特殊的因
素。在《高卢战记》中，他很少对敌方将领的军事技能作评价，但
是他直接赞美野蛮人"高昂的气势"（magnitudo animi），可以"降
难为易"（facilia ex difficillimis redegerat）④，这也是一种勇气的胜利。
作为军事家，对抗阿利奥维斯塔的行动过程表明了恺撒对日耳曼人
的尊重，但他想要强调的是阿利奥维斯塔的傲慢而不是技能⑤。在与

53

54

---

① 《高卢战记》IV，17。
② 《高卢战记》V，I。
③ 《高卢战记》II，8ff。
④ 《高卢战记》II，27，5。
⑤ 《高卢战记》I，33，5；44，I；46，4。

内尔维依人的战斗中，他们的酋长波多格纳图斯（Boduognatus），很快抓住了战略的优势，这可以从书中的描述推断出来。英度马勒斯（Indutiomarus）、安比奥里克斯（Ambiorix）和卡西维拉努斯（Cassivelaunus）虽然行进方式不同，都势如破竹；在第七册，维钦托利（Vercingetorix）这个人物形象格外突出。

在所有与恺撒对抗的人中，维钦托利最像恺撒。他能洞察哪个策略成功可能性最大，也有绝对的权威让他的下属执行命令。他无情到近乎残忍，战败后，毫不犹豫地用奸计来反攻；① 他谋划埃杜维人的叛乱，来摧毁罗马在高卢中部的统治，在罗马战败后他试图引诱罗马军团进入日尔戈维亚，并迫使恺撒做艰难的选择，要么陷入危险，要么产生罪恶。恺撒在叙述中完整地记述了这一切，没有从轻发落，也没有道歉致意。在《高卢战记》第七册第六十六章中，维钦托利军事地位的上升带来了一场危机。本来他的计划很周全，但不知道恺撒已经从日耳曼借调了骑兵和轻武装部队。在第六十七章中，他们适时的干预使维钦托利原本天衣无缝的计划顷刻瓦解。维钦托利退到阿莱西亚。恺撒对这一步做出评判。这可能是维钦托利做过最好的一件事，因为在战争中，有时"坏的可以变成最好的"。在双方对抗中，无论是围攻还是被围攻，高卢都无法击败恺撒的军队，但以其数量上的优势可能会让罗马大军有所忌惮，并且在日尔戈维亚遭到围困时，让恺撒受到一次重创。恺撒一直想要表现出他运筹帷幄的能力，直到援军被击溃，阿莱西亚沦陷。第八十九章简要说明了维钦托利的情况，其余部分轻描淡写了他的投降。无论恺撒如何高度评价维钦托利的统帅指挥才能和个性特点，对他都没有丝毫怜悯：八年后恺撒取得胜利，维钦托利投降，然后被处决。

恺撒是最高统治者，他的将军是他的助手，他的副官而已。拉比努斯指挥他的部队就像恺撒在场一样②。在《内战》中，恺撒反击了苏拉认为副官不能取得胜利的指责，对副官的责任做了很好的定

---

① 《高卢战记》VII，20，8—11。

② 《高卢战记》VII，62，2。

义。① 对于恺撒来说，副官的功绩可以归入他自己的功绩，是属于他的一部分，他一般都是如此进行进行战报的。尽管这些副官依赖于计划（consilia），依赖于"战略"（ratio belli）②，这并不妨碍恺撒给予他们最大的信任。这也许在一定程度上是希望确保他们的忠诚。的确，直到高卢战争结束，他的副官们仍然无比忠诚，但他知道，他们对自己的信任也是军队整体精神的一部分。公元前53年，西塞罗似乎怀疑恺撒是否能达成他的目的，恺撒因此指责了他③。在对提图斯·庞皮乌斯·萨比努斯（Titus Pontius Sabinus）和奥雷留斯·寇达（Aurelius Cotta）④ 讨论的记述中，恺撒不满的口吻或隐或现：萨宾努斯只考虑自己，行为恶劣又思想困惑，而寇达则更加了解恺撒的暗示，即他的副官要各司其职，抓紧时机，像西塞罗那样"原地不动"。但当他的助手主动出击，就像普里斯·克拉苏斯与阿利奥维斯塔⑤ 的对抗、拉比努斯与纳尔维依人⑥ 的对抗、公元前52年在巴黎附近的行动，他都大张旗鼓地记下来"在困难面前，用自己的精神和勇气获得力量（去战胜困难）"（tantis subito difficultatibus ab animi virtute auxilium petendum videbat⑦）。一般来说，恺撒并不会对副官大加赞赏。就像他赢得胜利时，他既自吹自擂，也不赞美副官，但他确实认为写明他们的功劳，以及成功的理由就足够了。

　　恺撒对国内战争的对手也会有纯粹的军事方面的欣赏，这可能出乎大家的意料。庞贝的战略判断、战术考量及足智多谋没有被他

---

① 《高卢战记》III，51，4—5。

② 最近蓝波（M. Rambaud）的一本引人入胜的经典之作《在恺撒战记中失真的历史》（*L'art de la déformation historique dans les commentaires de césar*）认为恺撒非常不道义地贬低属下的功劳，都归功于自己，但是我仔细地重读了《战记》的相关部分后，不敢苟同。

③ 《高卢战记》VII，36，I—2。

④ 《高卢战记》V，28ff。

⑤ 《高卢战记》I，52，7。

⑥ 《高卢战记》II，26，4—5。

⑦ 《高卢战记》VII，59，6。

忽视，① 就像庞培的副官阿弗拉尼乌斯（Lucius Afranius）② 的精明、彼德利乌斯（Petreius）的勇敢没有被忽视一样 ③。他们也熟悉"战略"（ratio belli），如果他们出现失误，不是因为缺乏军事头脑，而是因为在更高的层面意志力薄弱，心智不成熟：他们不能像恺撒那样知人善用，运筹帷幄，将智慧和意志合为一体。

58 恺撒不仅仅是个将军，更是个军事家和精通兵法的军师。他的军团服务于他，他既轻松又乐于指挥他们。百夫长最贴心，是他们在军团中更有力地展现了军人的美德。对他们战败中的损失，恺撒感到遗憾；但是，他们的勇气、毅力和功绩又得到恺撒不同寻常的赞扬。他知道，他的读者会明白，百夫长是军团的灵魂，他们遵守纪律开展活动，是罗马大将能信赖的纪律严明的代表，如果没有他们，就算是个天才指挥官，有天赐的勇气和精神也不可能取得胜利。第二重要的就是老兵和老兵军团，他们与新兵和新兵团分开列队，必须努力战斗才能赢得恺撒的尊重。恺撒没有用经验较少的新兵部队来扩充老兵团，在他的叙述中，刻意地保留甚至有时还会强调这种区别。在维森奇奥（Vesontio，今贝桑松），为鼓舞士气，对抗强大的阿利奥维斯塔，他对士兵们说，如果别人失败了，他将独自一人率领第十军团继续前进 ④。从后来的战争看出，士兵都将他的话牢记在心。

阿纳托尔·法郎士（Anatole France）这样评价拿破仑："他想军队里每个士兵所想"（il pensait ce que tout grenadier dans son armee pensait），但没有人这样评价恺撒。恺撒也不像亨利五世在阿金库尔战役之前去看营地的篝火那样为下属考虑，但是他在每一处都记录了士兵说的话，无论是认真的话还是玩笑话，他的文辞变得平白朴

59 实，措辞特点（sermo castrensis）比较符合军中的日常语言。他鼓励士兵，困难中要冷静，前进中要勇敢，就像在伊尔尔达，敌人的

---

① 例如：《高卢战记》III，87，7。
② 例如：《高卢战记》I，40，4。
③ 例如：《高卢战记》I，75，2。
④ 《高卢战记》I，40，15。

逃走是不能容忍的 ①。在日尔戈维亚，士兵们违背了他的指令，因此导致战争失利，他们因此而受到责备 ②。但在法萨罗，当庞贝的人接到命令，没有中途和恺撒军队交战，想拖垮恺撒的军队，幸运的是，因为行军打仗的本能，恺撒军队没有穷追不舍，折回了大本营。恺撒对庞培的命令很是不满，认为自己的军队继续前进就会很快被削弱战斗力 ③，言下之意就是：他很满意，在时机成熟之际，自己一手调教的军团知道何时进退。④

尽管恺撒对外敌冷酷无情，却对自己的军队小心看护。他有耐心又足智多谋，尽量让他们避免危险。在伊尔尔达战役中，他坚决不愿意牺牲自己的军队力量去对抗另外一支罗马部队，不管是出于仁慈还是政治考虑 ⑤。对于与他对抗的罗马军队，在《战记》中他没有写下任何侮辱的字，当然他也公平对待对与他并肩作战的人。

对战记的研究也包括恺撒越来越胜任军事领袖一职的原因，但是恺撒很少大费周章地解释自己为什么会成为一个更好的将军（以及如何更好）。历史上有过很多著名的将军：亚历山大（Alexander）、奥勒良（Aurelian）、古斯塔夫（Gustavus）、阿道弗斯（Adolphus）、马尔堡（Marlborough），这些将军都能意识到骑兵是打赢战争的关键。如大多数罗马将军一样，恺撒在战争伊始，骑兵还未成长壮大的时候，仅仅把他们当成是与"主角"步兵团的一起进攻的助手。但可以看到，他和他的副将拉比努斯（Labienus）到了高卢战争后，骑兵发挥着越来越重要的作用。在他的第七次战役遭遇危机时，他用在日耳曼招募的一批骑兵抵抗了维钦托利（Vercingetorix）的骑兵。在伊利达（Ilerda）战役中，在骑兵方面他占了优势，骑兵发挥了很大的作用。不论是在巴尔干半岛，还是后来的非洲之战，他都找到了压制并战胜敌方加拉太人（Galatian）骑兵和努米底亚骑兵的

60

---

① 《高卢战记》I，64，2。
② 《高卢战记》VII，52。
③ 《高卢战记》III，92，4。
④ 《高卢战记》III，93，I。
⑤ 《高卢战记》I，72，3。

方法。在他指导的最后一战——蒙达（Munda）战中，战局中的反转点就在骑兵打了一场胜仗之后，虽然并不清楚是否是恺撒亲自指挥，但是总体来说，如果没有步兵的强大支援，他对骑兵好像没有能战胜敌方的强大信心，除非去侦察，抢占和追捕敌人。

　　如果恺撒不足以被称为一名骑兵将军，那么他更不能被称作是一名海军将军。他得不到庞培的赞扬，就是因为没有可以使用的海军力量，但是如果可以观察他如何克服维纳特人（Veneti）的战船给他带来的困难，以及最后带着军队在英国移动并且登陆，对重新认识恺撒都是有很大帮助的。在内战中，他没有和敌方舰队竞赛的打算。他的回答是观察在亚得里亚的天气，然后根据天气行事，这样他就把敌方变成自己的盟友。总的来说，他放弃了在海上与敌方争霸，把这个留给了别人，尤其是布鲁图·阿尔比努斯（Decimus Junius Brutus Albinus）。甚至有可能，他怀疑"战略"（ratio belli）对罗马人失去信任的一个小军队已不再有什么作用。

　　庞培在年少的时候就已经因为自己的速度（celeritas）而声名远播，在法萨卢斯（Pharsalus）后，加图就赞扬过他[①]。恺撒则是沉稳作战的人，就像在与贝尔京人（Belgae）的战役一直等待时间而按兵不动，但是需要反击时，他从不拖延，即刻奋力反击，并一直反击到底。他在都拉斯战败后，有一段时间，"一切都乱了套，四处充满恐慌、树倒猢狲散的惨状"（"omnia erant tumultus timoris fugae plena"）。他解释了庞培觉得没能胜利完战的原因："敌军追逐的速度过快；还需保存自己实力等等。"（celeritate insequentium tardata nostris salutem adtulit）[②] 即使是这样，恺撒还是要解散军队，让他们远离危险，然后重振军风。他"尽可能地，简单但有前瞻性地给予"（dandum omnibus operam，ut acceptum incom- modum virtute sarciretur）[③] 士兵们鼓舞，表现了带军打仗的将领所具有的精神。

———————————

① 《非洲战记》22，2。
② 《高卢战记》III，70，2。
③ 《高卢战记》III，73，5。

最后，在阅读过程中可以发现，恺撒在战争地势的判断和战术的运用方面逐步走向专业化，而他善用地势来防御使得军队的力量得到最大化使用，不仅保存军队战斗力，也获得出奇制胜的效果。62 在战争中，恺撒不是孤军奋战，众多将领给他出谋划策，最重要的是军队时刻准备就绪，把锹使用得如同剑一般锋利，准备直刺敌人的心脏。这本战记把战争的方方面面考虑在内，难怪拿破仑·波拿巴会向任何想成为军事家的人推荐它。

第四章 《内战战记》的风格与个性

在前三章中，我们看到战记的描写平淡朴实，就事论事，主要是从一个军人的角度分析军事活动，这不免会让读者感到这些战记风格趋同，甚至有些单调乏味。老调重弹，是因为它不需要或者也不能够用别的方式去讲述。但是我们还可以发现（But there is more than this）：恺撒似乎有一个习惯（habit），就是为某件事物选取一个最佳名称，并且再也不愿意使用其他也可以描述这件事物的词语。正如第一章（p. 16）指出的，拉丁语原本是一种非常丰富的语言，同一个事物可以用很多不同的词语来表述。但是从公元 2 世纪开始，拉丁语开始精简化，恺撒加快了精简化的程度，所以当多次说到某一件事物时，他使用同一个单词或词组来表达则很自然了。恺撒思维精确，这也与他在语言词汇等方面的偏好一致，他倾向于以词语或词组的重复出现来慎重表达想法或行动，这种方法自然推动了措辞的统一。

假设真是如此，那些深入研究恺撒词汇的学者的工作就显得很有意义。很明显，在恺撒这种精明的审视下，词语意义稍有含糊，必然会有损他准确用词（Elegantia）① 的文体风格。当然恺撒引用传统文本手稿时会有错误，还有引用别人写的报告或类似的文章时，也没能统一成他自己的写作或者措辞风格。相比在高卢战争，在国内战争的战记中，这样的句子更多。有可能，恺撒迫于形势，才匆

---

① "Elegantia"表示精确的用词的风格，而不是风格上的优雅阐述或者提炼。参考塞克斯（E. E. Sikes）：《剑桥古代历史》（*The Cambridge Ancient History*）IX，764 页。

忙发起了国内战争（Bellum Civile）。考虑到这些可能性，大家同样可以从战记的主要部分看出恺撒文体的特征所在。

在用词的精确性上，西塞罗一直称赞恺撒的文章"简洁洗练，精致生辉"（pura et inlustris brevitas）。但随着恺撒继续撰写，不同的风格和文体开始出现。很容易发现，在战记叙述方式上，第一本高卢战争比第二本更加正式，而且接下来的四本文体显得更加随意。在第七本中，出现了更多动静结合的描写，句子连接得更顺畅，就好像快速流动的水（flows faster），国内战争的战记中的句子也是如此。句子结构和连接更加顺畅，文章中的一些表达可能因为作者写作的习惯而发生了改变，而并非咬文嚼字后的选择。这样又让人 65 难以理解，既然恺撒撰写的前七部高卢战争战记是短时间内连续完成的文学创作，他怎么会轻易地改变写作的习惯呢？事实上，也有观点认为高卢战争持续了很长时间，因此写作是分不同阶段完成的，这种说法更有说服力。如果真是这样，恺撒自然就可能不会保留战记形式和文体风格了。在高卢战争的第一本书中，作者似乎故意避免过分地修饰文章。因此，在第三章中，有两句连续的句子都以"在这些事情当中"（ad eas res conficiendas）开头。不论在哪一个句子中，这个短语都不能在不毁坏句子结构和意义的前提下，像插入语一样被删掉。如果说因为太匆忙所以重复写了一个短语，也很难说服人。这就很可能是作者有意让文体显得更粗浅。再例如，定语从句中的先行词在从句中被重复提及，"累赘重复"又恰巧是有些类似罗马正式文件的特点。这种重复的文体在后来的高卢战争一书中不再出现。在前六部书中我们没有找到直接引用（oratio recta）形式的演讲。给出讲话的要点有时是必要的，但是书中常常通过间接引用（oratio obliqua）来实现，从而避免了在直接叙述中，出现仅作为装饰的讲话。在高卢战争第七本中，有一个完整的直接引 66 用的演讲，那是高卢首领克里多耶得斯（Critognatus）在阿莱西亚（Alesia）围攻时作的演讲①，克里多耶得斯极力号召他的同胞像受到

---

① 《高卢战记》VII，77，3—16。

辛布里人（Cimbri）与条顿人（Teutoni）侵略时一样反抗，去煽动那些甚至没有战斗力的人。恺撒利用这次演讲的显著特点，来证明演讲插入的效果——"克里多耶得斯的演讲不能被忽视，因为内容是令人发指的残酷"（non praetereunda videtur oratio Critognati propter eius singularem et nefariam crudelitatem）。但是当我们读到演讲的时候，会发现其中提到的极端残忍的行为只是一小部分，能让我们记忆尤深的是恺撒想让读者记住的部分：一个差异——即来自辛布里人与条顿人短暂的掠夺和罗马人（包括恺撒）在高卢人脖子上拴上铁链后对他们永远奴役的差异。

在同一本书中的其他演讲中，也有这种结构的巧妙使用①：当人们指责维钦托利（Vercingetorix）是一个背叛者时，他在国民面前为自己辩解。这篇演讲主要是间接引用的形式，只有在两个地方描写突然戏剧性地转向了直接引用风格。第一句话是："因此那么可能会理解我诚挚的声明"，他说，"并聆听这些罗马士兵的话"（"Haec ut intellegatis" inquit "a me sincere pronuntiari, audite Romanos milites"）；第二个也很戏剧性："你们从我'维钦托利'这里获得好处，却反过头来被你指责为叛逆的人；因为我的努力，打造了这支强大的、战无不胜的军队，然而因为饥荒我们几乎灭亡，你们却没有任何的流血牺牲；我精心地维护着这支军队，不让它在自己的国土内被打败，然而可耻的事情发生了，这支军队居然不战而逃、溃不成军。"（Haec inquit a me "Vercingetorix" beneficia habetis, quern proditionis insimulatis; cuius opera sine vestro sanguine tantum exercitum victorem fame l paene consumptum videtis; quem turpiter se ex hac fuga recipientem, nequa civitas suis finibus recipiat, a me provisum est.）有人评论发现了其中的技巧，"a me"在这句话中被置于"inquit"和"Vercingetorix"中间来保持平衡（thrown into relief）②。同样的结构也用于强调百夫长佩特罗尼乌斯（Marcus Petronius）的自我

---

① 《高卢战记》VII，20。
② 译者注："经济的札记文体"这里指客观、简练、信息集中的文体。

牺牲 ①，或者说是战争议会还未作出是否同意萨比努斯（Sabinus）救命请求的裁决之前，他的军队就覆没了。②

在国内战争中，有一个或两个直接引用（oratio recta）风格的演讲——是古里欧（Curio）在非洲遭遇灾难之前所作的演讲 ③；恺撒为了表现出朋友的火热性格而违反了他一贯的写作原则。显而易见，恺撒仅为古里欧（Curio）着想，这些演讲就是他的祭文。从某种意义上来说，这些也不是古里欧自己写的祭文，因为恢宏的末句是恺撒写出来的。"就我而言，我很荣幸被称为恺撒的士兵，尽管你愿意尊我为元首。你可以收回你的慷慨，让我恢复到我以前的名字，以免我荣誉尽失。"（Equidem me Caesaris militem dici volui，vos me imperatoris nomine appellavistis. cuius si vos paenitet，vestrum vobis beneficium remitto，mihi meum restituite nomen，ne ad contumeliam honorem dedisse videamini）在庞培和拉比努斯（Labienus）在法萨卢斯（Pharsalus）战争之前，也有一处短演讲，先骄傲地吹嘘，之后才是对战争本身无情的描写。④

作品拥有叙述文体风格的直白和拉丁语独有的简练，即使没有任何的修辞润饰，都产生了一种显著的效果。例如，在阿莱西亚（Alesia）之战的紧要关头，如释重负的军队从城外向城内作出最后的攻击，维钦托利垂死挣扎，从城内向城外发起进攻，恺撒选择了一处既能观战又能给副将及时救援的地点，地点也在不时地变化。直到最后关头，双方都损失惨重，出现了这么一句简单明了的话 "恺撒加速参与到战斗中……"（"accelerat Caesar，ut proelio intersit"）⑤ 接着一句生动的描写："是恺撒战袍的颜色让大家一眼就发现了他，"（"eius adventu colore vestitus cognito"）这并不是想要营造生

68

---

① 奥珀曼（H. Oppermann）：《作家恺撒和他的作品》（*Caesar der Schriftsteller un Sein Werk*）82 页。
② 《高卢战记》VII，50，4—6。
③ 《高卢战记》V，30。
④ 《高卢战记》II，31—2。
⑤ 《高卢战记》III，86—7。

动的画面感，而是通过战袍描写，表现他自己作为统帅，也一样在战场上杀敌。战争到达了高潮，在简练的句子中出现了急促的断奏，似乎将失败的信号转换成胜利的号角①："我军掷出他们的矛，开始用剑挥砍。突然后方的骑兵被看到了，别的一些营也在逐渐逼上来，敌人转身便逃，骑兵追上他们，接着便是一阵屠杀。"("Nostri omissis pilis gladiis rem gerunt. repente post tergum equitatus cernitur；cohortes illae adpropinquant. hostes terga vertunt；fugientibus equites occurrunt. fit magna caedes")在这句话中，所有的词都极其平淡、略显无趣，但是却有着史诗般的描述效果。谁也不知道这种方法是刻意为之产生的艺术效果，还是恺撒记录完战争实况后无意中发现的。我们能够确定的是，在经济的战记文体②体裁内，要想超越他，难度可能太大了。

69　　事实上，在古代西方史实撰写中，除去第七本战记中修昔底德（Thucydides）作出的极大贡献，恺撒参与的战争在古代历史写作中都是有据可查的。与内尔维依人（Nervii）的那场殊死拼战最能说明③：罗马人驻扎点周围环境有极其细致的描写，作战计划准备就绪之后，恺撒在第一次部署中提出娴熟的建议来凸显他充足的战争经验（暂且不讨论拿破仑严苛的作战技术），攻击来得如此迅速且出其不意；接着的句子就表现出在每一个时刻，"恺撒总是定时完成任务"（Caesari omnia uno tempore erant agenda）；在接下来的三章里，作者写下了自己在战争中越来越多的困惑，在节奏和句子语法结构中看出战争速度的加快，一直到恺撒的高卢步兵带着消息返回，战争的高潮就来了，消息是"罗马已经溃不成军，敌人占领了他们的营地，并且缴获了罗马人的军备"（Romanos pulsos superatosque, castris impedimentisque eorum hostes potitos）。在这些章节里，对恺撒只字不提。战争已经越演越烈，无法控制了。接下来的一章又以"恺撒"

---

① 《高卢战记》VII，87，3。
② 《高卢战记》VII，88，2—3。
③ 《高卢战记》II，18ff.；这个分析很大程度归功于奥珀曼（H. Oppermann）：《作家恺撒和他的作品》（*Caesar der Schriftsteller un Sein Werk*）56ff页的见解。

一词开头，引出一些恺撒对自己机智插入进攻的描述，包括他是如何举盾集结自己的军队的。战争暂时停滞后又发生变化了，对战况描写使得读者似乎可以听见战争的节奏——先是由两个重读音节构成一个音步（扬扬格 spondee）中止了战争，然后又是像乐章一般地推进——"他（恺撒）的到来，把希望带给了士兵，让他们恢复了勇气"（"Cuius adventu spe illata militibus ac redintegrato animo"），诸如此类。（古代记叙文不论是口述的还是文本记录的，都是要大声朗读的）接下来又是恺撒，但这次不是战斗的士兵，而是调度的指挥官——"当恺撒察觉到离他近的第七军团，也被敌人紧紧压制着，我建议保民官去……"（Caesar, cum septimam legionem, quae iuxta constiterat, item urgeri ab hoste vidisset, tribunos militum monuit.）文章接下来描写战争稳步向前推进，以及最终取得胜利，还顺便赞扬了敌人——他们能完成了这么艰巨的任务，简直就是一个军事奇迹——"他们完成了一个艰难的任务，由于他们坚强的毅力，这样艰难的任务似乎都变得容易了"。这场战争原本是被认为必输无疑的（desperate affair）：在罗马文学作品中，对它的描述方式也和其他任何战争不一样。法萨卢斯（Pharsalus）之战则完全不同：找不到对城内设置的真实描写，恺撒在交战中的真实情况也少有描述；相反，对战争的经典叙述就像一件军事艺术品——像在下军棋一般针锋相对，斗智斗勇；并不经意地暗示恺撒是战场上的艺术大师这一事实，有非一般人的领导才能。

因此可见，恺撒的战记写作，无论是不是刻意为之，都反映了作者的品格和思想。恺撒并不满足于只是记事而已。罗马人当时也期望不止于此。希尔提乌斯（Hirtius）曾赞扬过恺撒"博闻强识，善于表达"（"verissima scientia suorum consiliorum explicandorum"）①。恺撒不仅仅关注事件的发生，更关注产生事件的缘由和动机。事实上，编年史的撰写方式一度受到批评。在恺撒出生前五十年，阿塞利奥（Sempronius Asellio）曾这样写道："其实我们并不太了解已经发生

70

71

---

① 《高卢战记》VIII，P87，前言7。

的事件，也无法说清楚，也无法了解事件的目的和发生的原因，当然也无法阐述。"（"nobis non modo satis esse video，quod factum esset，id pronuntiare，sed etiam，quo consilio quaque ratione gesta essent，demonstxare."）①

因为恺撒的写作风格大体上是不用修辞来润饰的，所以在他的写作战记中，他试图用许多正式语段来营造一种艺术效果。例如，有人发现在内战战记第一册的开篇中，通过列举参加议会的名人要士，来制造"凿凿可据"的效果。当然这更多地归因于恺撒有序的思维方式，而不是使用修辞手法产生的效果。如果大家认为，阿莱西亚战役之前对内尔维依人的战争描写是恺撒心中对战争的生动描写，而不是刻意产生的艺术效果；那么也可以认为恺撒叙事描写中的戏剧性来自他"心灵的活力"（vivida vis animi），而这种活力带来了直截了当又不矫揉造作的作用。恺撒不特意制造艺术效果，用自己独特的思维，创造了作品独特的风格。这种风格就像是步调一致的罗马军团，精心筹划后向前行进，行动方案或者"战略"（ratio belli）了然于心。大多数发生的事都似乎是不可避免的，它们都太遥远因此无法使我们产生触动。因此，当恺撒在描述对乌西皮特（Usipetes）和滕克特里（Tencteri）的意外偷袭时，他说："当剩下的大批的妇孺们和家人跨越莱茵河后，分散到各地，恺撒派了骑兵去追逐……"（"at reliqua multitudo puerorum mulierumque——nam cum omnibus suis domo excesserant Rhenumque transierant——passim fugere coepit，ad quos consectandos Caesar equitatum misit"）② 这不是方便读者想象当时场景的手法，也不是刻意显得恺撒的心肠愈加冷漠，只是他的仁慈的心还未被唤醒。但是，在迪尔拉奇乌姆（Dyrrhachium），当他的军队溃败了以至于局面得不到控制的时候，然后"在这样一片逃跑的喧嚣中，军心涣散，恺撒抓住逃兵，并制止了他们，有些人骑

---

① 彼得赫曼（Peter，H.）：《古罗马历史学家残本》（Historicorum Romanorum Reliquiae），I，p.179。
② 《高卢战记》IV，14，5。

着马逃走了，有些人害怕被奴役，没有人站着不动。"（"eodem quo venerant receptu sibi consulebant omniaque erant tumultus timoris fugae plena，adeo ut，cum Caesar signa fugientium manu prenderet et consistere iuberet，alii dimissis equis eundem cursum confugerent，alii ex metu etiam signa dimitterent，neque quisquam omnino consisteret"）① 在这里，因为恺撒又一次幸运地躲过了危机，平淡的风格中掺入了些许对回忆的生动描写。当古里欧的军队在非洲驻扎时，随着"这是一个充满了恐惧和悲伤的地方"（"plena erant omnia timoris et luctus"）② 这句话达到了高潮。这时，恺撒突然被那起打断了战争即将胜利的节奏的灾难，和自己对军队的同情之心给触动，最触动他的是他记录下了朋友因为自己的失误赎罪并最终牺牲——"在古里奥看来，军队永远不会失败，因为有恺撒的领导，即使战斗牺牲，他还是表现了他的忠心"（"at Curio numquam se amisso exercitu，quem a Caesare <suae> fidei commissum acceperit，in eius conspectum reversurum confirmat atque ita proelians interficitur"）③。

根据恺撒的描述，在阿莱西亚（Alesia）之战之前，一旦看到了稍纵即逝的战争局势反转的瞬间，极其迅速地用历史现在时（historic presents，为描述生动，用现在时态叙述往事）来记载显得非常明显，而这种方法在某种程度上是很难在其他战记中看到的。一旦恺撒越过了卢比孔河（Rubicon），那么征服意大利就对他十分重要。而其中首当其冲的是，尽可能地拦截想要撤退到亚得里亚海以外的庞培军队。在描述这一事件的章节中，历史现在时的使用次数至少等于他其余作品中出现的总和。这样的现象，应该是恺撒极其强烈的意图，要一次就结束对战争的描述，并不去借用过多的修辞手法来使读者印象深刻。读者知道恺撒有意为之，然而重要的不是读者的感受，而是恺撒的感觉、希望和目的的实现。

---

① 《高卢战记》III，69，4。
② 《高卢战记》II，41.8。
③ 《高卢战记》II，42.4。

从上文可以看出，研究恺撒的写作风格实际上是在研究恺撒的性格特点和思路想法，尤其是如何应对危机。当他描写自己副官们的行动时，写作的风格趋于平淡，没有大写特写，虽然在他们的行动中，在对古里欧参与的战争或者是萨比努斯（Sabinus）和寇达（Cotta）军队遭受的灾难的原因等等事件的描写中，都作了非常戏剧性的处理。对这些事件应该如何发展的描述掺杂了恺撒个人的想象。尽管从整体来看，描写副官们的行动，可以让读者称赞他们的军事实力和缜密计划，看上去都是副官们的功绩，而不是属于远处的恺撒，这就是他写作的目的。

不管怎么说，通过深入研究恺撒对副官们行动的记叙来了解他精湛的写作风格，现在被理解为不明显的转述方式。因此，文中在描述围攻马西利亚（Massilia，今天的马赛）时，从三个角度进行写作：围攻时盖乌斯·崔伯尼乌斯使用技术所制造的船只的事实描写，对布鲁图·阿尔比努斯（Decimus Junius Brutus Albinus）指挥海军作战的生动描写，以及恺撒不时作出的评论。

恺撒的一个习惯，可能不仅仅来自他保持写作风格的想法：当描述一些行动或者是一系列行动时，总是一成不变地以第三人称提到自己的名字——恺撒。部分原因可能是他习惯了战记的形式，虽然战记的形式在别处也有以第一人称来描述的。使用第三人称无疑产生了一种客观感，更重要的是有一种分离感，从而巧妙地获得了读者的认同。虽然这样会显得单调乏味，但是它使得描写更加清晰：或许不需要额外的解释。但是在某种意义上来说，这种写作略显造作。哪怕在战记之外的各个方面，恺撒提到自己的名字好似是一种优良传统，但是用第一人称会更加自然些。有一句有名的话"你带着恺撒和他的财富"不能算是好的例子，因为他的船员必须要知道他要渡的人是谁。另外一个例子中，恺撒的妻子要免除嫌疑，必须要说"我的妻子"，或者是大祭司（Pontifex Maximus）的妻子。在两者中，说"恺撒的妻子"无疑有更强的效力。这种"效力"可以用莎士比亚笔下恺撒所说的气宇轩昂的话解释，但也仅仅是解释，那天是3月15日（朱利乌斯恺撒的殉难日），尽管恺撒已经觉察到了危险的信号，仍然决定前往元老院，他这样说道：

> 上帝有这样的奇迹，是要叫懦怯的人知道惭愧；
>
> 恺撒要是今天因为恐惧而躲在家里，他就是一头无心的野兽。
>
> 不，恺撒决不躲在家里。
>
> 恺撒是比危险更危险的，我们是两头同日产生的雄狮，我却比它更大更凶。
>
> 恺撒一定要出去。

让我们回到最初的问题上来。在法萨卢斯（Pharsalus），恺撒看见自己的军队溃散成军时，他说的一番话被支持他的阿西尼乌斯·波里奥（Asinius Pollio）真实地记录下来了。"他们想要这样，"（Hoc voluerunt）——他们本可以得到的，接着"我，恺撒尽管取得巨大的成就，但是没有自己的军队的帮助，我在法庭上就是有罪的"（tantis rebus gestis Gaius Caesar condemnatus essem，nisi ab exercitu auxilium petissem）①。在《内心的呼唤》（cri du Coeur）中，他又说出了自己的名字，他相信自身的伟大才是真正重要的。因此，恺撒在战记中多次提到自己的名字可能既不是一种惯例，也不是为了保持客观的假象，而是他自发流露的，对自身卓越才能的认识。

76

---

① 苏埃托尼乌斯（Gaius Suetonius Tranquillus）：《神圣的尤里乌斯》（Divus Julius），30，4。

第五章 《内战战记》中的争议问题

1. 高卢战争

（a）写作的时间

关于恺撒何时编著关于高卢战争的《高卢战记》(B.G. I—VII)，有很多的争议。蒙森（Theodor Mommsen）认为恺撒一定是在同一时间编写第一册和第七册，因为在第一册（28，5）中提及埃杜维人（Aedui）在恺撒的许可下将土地给予波依人（Boii）并随后（postea）附言"他们应该可以获得自由和权利"（in parem iuris libertatisque condicionem atque ipsi erant receperunt）。他在第七册（9，6）中提到，在被赫尔维蒂人（Helvetii）击败后，波依人被留在了埃杜维人内部并加入了他们。在下一章节中，恺撒称波依人隶属于埃杜维人。蒙森从这一点推断，直到公元前52年，波依人都保持着这一从属关系，并在叛乱失败后获得同埃杜维人平等的主权。因此，恺撒编写第一册时已经知道公元前52年的波依人将会发生的事情。在第七册（17，3）中他们被描述得与埃杜维人不同，再往后（75，2和4），他们送去救济阿莱西亚（Alesia）的部队并没有同埃杜维人及他们的救济对象一起列入名单，而是单独被列出来，就像他们是独立的一群人一样。第75章的名单列表似乎是以一份文件为基础的，而这份文件可能是证明波依人地位的有力证据。第9至10章中提到，恺撒作为埃杜维的忠诚盟友去保护波依，他也许并不了解波依人的独立程度。这也只是在第17章提出的假设，到第75章才真相大白。埃杜维人很有可能在公元前52年年初就授予波依平等和自由。尽管很有可能，但也未必准确。从整体上来看，更有可能的是早在公元前 58 年，高度赞扬波依人军事能力的埃杜维人就在他们拨给波依土地后，不久就开始授予主权部落所应有的平等。这很自然地解释了第一册中提及的行为，因为在被赫尔维蒂人击败后不久，波依就得到了丰厚的回馈。然而如果这件事发生在六年后的话就与公元前 58 年发生的事情毫不相关了。所以这篇关于波依的文章无法证实第一册是在公元前 52 年或不久之后所写的这一观点，而是证实了这些书都是这一系列事件发生不久之后开始写的。

在一篇记录了公元前 55 年所发生事件的文章（第四册，21，7）中，恺撒提到了高卢的首领康谬（Commius）——"康谬是他在征服阿德来巴得斯人之后，安置在那边做国王的，他赏识他的勇敢和智略，信任并接受他对自己的忠心，而且他在那一带很有威信"（quem ipse Atrebatibus superatis regem ibi constituerat，cuius et virtutem et consilium probabat et quem sibi fidelem esse arbitrabatur cuiusque auctoritas in his regionibus magni habebatur）。三年后康谬背叛了罗马。蒙森认为"信任并接受他对自己的忠心"（"et quem sibi fidelem esse arbitrabatur"）。这句话揭示了恺撒知道后来康谬不再忠诚。但是，尽管这一观点十分敏锐，但也可能是错的。恺撒曾坚信康谬会忠于将他捧上高位又如此器重他的罗马，而且恺撒对康谬的信任还源于他派遣康谬出使不列颠。提及这个事件也不需要暗示，恺撒已经知道康谬在公元前 52 年国家危机时的表现。另外，如果这两篇文章的确显示第一册和第四册包含了恺撒公元前 52 年才知道的一些事，那它们更不能证明这两册书之前没有出版过，因此恺撒可以随意添加内容。它们也不能证明这些书是公元前 52 年才开始写的。

还有学者认为，恺撒是在高卢战争时同时写完所有的《高卢战记》。希尔提乌斯（Hirtius）在《高卢战记》第八册的前言中提到了恺撒的传记："所有的人都知道战记的写作是如何胜利无误地完成，但是我们也知道恺撒是如何轻而易举地完成的。"（"ceteri enim quam bene atque emendate，nos etiam quam facile atque celeriter eos perfecerit scimus.")赖斯·霍姆斯博士声称："一说恺撒轻松迅速地写完了《高卢战记》，也有说每一册都在所述战役后一个相对空闲的冬休期间完成的，如果这两个观点完全不一致，那么很自然地说明整个作品是一个不断努力的结果。"[1] 文章的后面[2] 他写道："希尔提乌斯的话说明他亲眼见证了恺撒写《高卢战记》的速度，因此这几册书确实是同一时间撰写的。除了一些迫不得已的拉丁文翻译，也有些人认为希尔提乌斯定期和恺撒在古高卢过冬。"没有任何一个研究恺撒的学者会忽视赖斯·霍姆斯博士的观点，除了（但是）希尔提乌斯，当他说"我们的"[3] 时并不是发表他独自一人的意见，还包括了巴尔布斯（Balbus）的意见，序言里有提到他。如果希尔提乌斯和他朋友中的每一个人都看到了恺撒编写一册或是更多——强大又迅速（"ex pede Herculem"）的话，希尔提乌斯完全可以说他们观察到恺撒是如何快速又轻松地编写完《高卢战记》的。据我们所知，他可能和恺撒在高卢至少待了好几个冬天了。

81 　　事实上，还有第二个假设，那就是《高卢战记》是分期编著完成的。这一假设又引发了激烈的讨论。一旦恺撒有记录关于高卢战争的想法，那在每件事发生之后的第一时间记录是最明智最方便的做法。他这样做至少有一个目的，那就是他亲自讲述这个故事。如果他阵亡了，这些记录能帮助他将上一个战役结束之前的所有故事讲述出来。没理由认为恺撒自信到永远"不老"，而且他所用的素材都是每场战役之后才得到的，因此只有在每场战役结束之后写作，记忆才是最清晰的，也可以方便咨询下属最近所写的报告，这些素材使用起来也更方便，当然这些素材也不会一直在身边。各种书面的报道和恺撒军团副官的战争日记，都能为恺撒写作提供材料，这一推断理论上是可能的，但是可能性不大。如果这些记录需要更多的是副将对战争的解释，而不是书面的报道和战争日志，那

---

① 《恺撒对高卢的征服》，203—204 页。
② 同上，209 页。
③ 在这里，他提及自己一人时使用第一人称单数"contextui""susceperim"等等形式。

恺撒应该知道把报道和副将写的内容合成一本，应该更容易些。在第三册17—27页的内容对萨比努斯（Sabinus）和克拉苏（Crassus）在公元前56年的行为作出了解释。如果恺撒能和副将一起探讨这些行为的话，那就能以最简明易懂的方式将情节和副将的解释结合起来。萨比努斯在公元前54年被杀死；克拉苏是在公元前56年到公元前55年的那个冬天被送回罗马，直到公元前54年末他去叙利亚旅游前，他的各种信息都显示他在罗马，到叙利亚的第二年克拉苏就去世了。大家似乎理所当然地认为，恺撒能决定他要怎样描述公元前56年的事。虽然当时有两个副将跟随他，但是很难理解为什么恺撒不把他想说的立刻写下来。也许更值得深思的是在《高卢战记》第五册第26至27页中，恺撒关于萨比努斯军队惨败及导致这一惨败事件的相关记录。因为恺撒需要那些从战争中逃离出来的幸存者来提供一些信息线索（V，52，4），还需要一些高卢的囚犯，因为这些囚犯知道经历了坚固防守后的罗马人是自杀而不是投降。 82

　　在艾伯特研究的事实中还能进一步发现一个原因：尽管每年的记录都能成为参考，除了提到的两个不确定的例子，但是不同年份的过渡阶段却没有参考记录。这七年的记录看上去不可能都被写进七年一期的总结中。最后，文章的风格也有所改善，变得更加随意自在[①]。如果只花了几个星期或者几个月产生这一改变的话，似乎是不太可能的；如果写作时间长达几年的话，那才说得通。大家 83 都认为第一册的风格比第七册更生硬，有些过时，但比较接近传记的风格。如果每册写作时间间隔很长的话，就容易理解了。比如恺撒似乎试图想要修改他的措辞习惯。埃因纳·鲁弗斯特德（Einar Löfstedt）教授发现，在《高卢战记》中，恺撒用了12次"最低"（"infimus"），用了2次"去"（"imus"）（第三册，19，1和第四册，17，3），每次都放在"从底部"（"ab imo"）这个词语中使用，在第

----

① 特别参考施里希尔（J.J.Schlicher）：《恺撒叙事风格的发展》（*The development of Caeser's narrative style*）一文，古典文字学 XXXI（1936）212ff 页。

七册中，他用了 2 次"从底部"（"ab infimum"）（75，5）。他认为恺撒是经过深思熟虑将"ab imo"改成"ab infimo"。① 如果是这样的话，那就很自然而然推测出，习惯地使用"ab imo"和"ab infimo"一定会有时间间隔的。在《高卢战记》的第三册第 19 页第 1 行中我们可以看到"paulatim ab infimo acclivis"（"从底部慢慢向上的"）这句话，在第七册第 19 页第 1 行中写着"leniter ab infimo acclivis"（"慢慢地从底部"）。让人感觉"infimus"更合适。总而言之，《高卢战记》可能是至少花了几年的时间陆续完成的。

（b）出版时间

《高卢战记》的出版时间比著作时间更难确定。很明显，如果

84 《高卢战记》是在某年的某个时间完成，那一写完就可以出版，但事情并没有那么简单。的确，后面的作品还未出版前，以前一年一年出版的作品就不用根据后面的事情来修订。事实上，在早期的作品中有一些说法被后面的事件证实是错的，比如内尔维依人（Nervii）的军队几乎被斩尽杀绝。尽管这些说法是错的，但是这并不能证明早期的作品不能被修正（因为已经出版的原因），而只能证明是恺撒出于种种原因而没有修订。

有人认为，恺撒发表《高卢战记》抑或是《高卢战记》的一小部分是为了影响当时罗马的舆论，让元老院一定要为他的英勇行为加冕，以一种公开感恩的方式赞许他的表现，就像在他第二次战役（第二册，35，4）、第四次战役（第四册，38，5）和第七次战役（第七册，90，8）② 的结尾一样。但在当时的古书制作条件下，《高卢战记》的出版并不能达到迅速而又广泛传播的效果。恺撒他自己也说，前两次感恩是进行了"迎接恺撒"的谢神祭（"ex litteris Caesaris"），第三次不得已改成了"当罗马城里从他

---

① 《句法》（syntactica）II，347f 页。
② 哈尔金（L. Halkin）：《高卢战役开始后的恺撒》（La date de publication de la Guerre des Gaules de Cesar），Milanges Paul Thomas，407—416 页。

的信中得知这次战事的消息时，通过了一次为时二十日的谢神祭"
（"His<rebus ex Caesaris>litteris cognitis Romae dierum XX supplicatio
redditur"）。这些词句意味着元老院是基于恺撒的汇报所给予的感 85
谢。这些都可能发生在战争结束不久，然后又被准时地记录在《高
卢战记》中。《高卢战记》书末出现了三本参考书目，这也不能证
明就是出版之后加上去的，因为不管怎么说，它们出现的地方都没
有什么特别。可以看出，战记的每册都以前一册的结语做开场，好
让读者知道这一册是接着哪一册叙述的。从这可以推测出，如果这
七册战记是同一时间出版的话，那恺撒这一行为就是多此一举。然
而如果七册是一年一年出版的话，那第一册就不会被编号为第一
册，后面的战记也不会有编号。但这一推论也没有说服力，因为在
任何情况下，如果恺撒想给自己的战记编号，无论他什么时候写或
者什么时候发表，他都可以看每一册的结尾，进而影响下一册的
开场白。

第六册的第一章，记录的是公元前53年的事件，恺撒谈到了他
与庞培的友谊。可能有人会问道，如果在公元前51年他与庞培的友
谊受到了质疑，恺撒是否还会提到，他完全可以删除或者更改这些
内容。因此进而推断出，第六册在公元前51年之前就出版了。但是 86
在第七册第6页第1行恺撒谈到了庞培的价值，第七册不可能在公
元前52年年底前编写完（却可能是这之后完成的）。如果到了这么
后期，恺撒还在称赞庞培，实在没理由认为恺撒不会称赞庞培在公
元前53年的所作所为。所以第六册的内容也无法解决战记是在不同
时期出版的还是同一时间出版的问题。

有人认为如果《高卢战记》是带有政治性目的的话，那就决定
了战记是按年出版的。如果战记是一个民主的将军给百姓的报告的
话，这些报告不应该是一年一次吗？但是从恺撒的政治性目的出
发，将战记放在他危机来临的时候全部出版，这难道不是更好吗？
任何态度变化或文体上的改变都能说明恺撒的战记是分阶段创作的
（pp.64ff）。但是这些差异不能证明战记是分阶段发表的。上文已经
论证过，如果他战死沙场的话，为了让战记中的记录能一直记到上

一场战役结束，恺撒是可能逐年编写战记的。但是要实现这一目的也不需要逐年出版，因为他的随从会帮他把他的功绩（res gestae）发表出来。恺撒也不会随身携带孤本原稿去战场，否则这些稿子就会因为他的死亡而消失。

除了这两个有疑问的例子，尽管每册书内部有参考书目，但是册与册之间却没有。当然这也并不能证明七册战记同时出版的说法是错的，除非恺撒认为插入参考书目是合适之举，是为了让整部作品的内容编制在一起。除了恺撒的战记格式与传统的稍有出入，我们认为恺撒对他的作品是很满意的。

如果战记是逐年出版的，我们也许可以从西塞罗的演讲和信件中为战记找到一些参照，但是目前还没找到。西塞罗的兄弟昆塔斯在高卢陪同恺撒时，西塞罗给昆塔斯的信中并没有涉及任何已发表的关于恺撒在高卢行动的记录，然而他们的确提到了恺撒的私人信件。西塞罗寄给昆塔斯的信里写道（Epistulae ad Quintum Fratrem，III，8，2）："事实我不知道内尔维依人在哪，我们离他们又有多远"（Ubi enim isti sint Nervii et quam longe absint nescio）。恺撒要不就没读，要不就忘了，在第二册中恺撒说他们属于贝尔格族，在第一册第一章中恺撒提到贝尔格族人居住在高卢。但是也只能推导出这些了：鉴于这些残存的参考内容总是有这样或者那样的疑点，所以这类"没有证据的议论"（an argumentum ex silentio）① 还不够充分。

公元前52年那场战败的大暴乱后，恺撒就停止记录自己在高卢的成就了。虽然这无疑解决了问题，但是当希尔提乌斯准备写作第八册时，那两年还留下许多令人苦恼的问题。准确地说，没有记录可以说明恺撒何时单独出版第七册，或是将册一至册七合著成一本书。尽管第八册的前言是在公元前44年恺撒去世之后写的，但我们可以推测，在公元前51年和公元前50年这两个战争时期的末期，希尔提乌斯就可能在准备编写一份关于高卢事件的叙述稿。希尔提乌斯是不可能在那两个战争时期的末期之后才开始收集相关记录的

---

① 译者注：an argument made from silence, or from the lack of any historical evidence.

素材的。他知道恺撒的意图也知道恺撒考虑的要点，因此可以推断出那些事件发生的时候，希尔提乌斯在恺撒身边给他出谋划策，否则他不可能清楚了解这些。

公元前46年西塞罗在他所编著的《布鲁图斯》中赞扬了恺撒的《高卢战记》，在此之前恺撒已经发表了《高卢战记》。因为在公元前52年到公元前51年的那个冬天所发生的事件，恺撒几乎没时间去写公元前52年的事情，可能直到公元前51年的夏天之后，恺撒才出版了《高卢战记》。有迹象表明，恺撒想参加公元前50年夏天的执政官大选。可能那时他决定把自己在高卢的功绩——一直到打败维钦托利（Vercingetorix）全部写下来。可能恺撒觉得公元前51年发生的事太令人扫兴。因此很有可能，《高卢战记》的一至七册大约出版于公元前51年年底或是公元前50年年初。恺撒在第七册第六页谈到了庞培的优点，但是这并不能排除恺撒迟至公元前50年年初出版《高卢战记》的可能，因为恺撒依然相信有可能与庞培和解。如果恺撒把后面的危机解决了，和庞培达成了协议，在公元前49年赢得选举，那么在他连任第二届执行官之前就是个"皆大欢喜"的故事。但这也只是个猜测。一旦内战开始，恺撒不可能继续关注他的高卢战争故事。但是读过希尔提乌斯编著的前言的人都知道，为什么希尔提乌斯不争取在恺撒被刺日（三月十五日）之前，去出版他写的恺撒在高卢最后两年的内容。

总而言之，尽管恺撒是分阶段编著这七册战记的，但是他是在战记都写成后，就立即一起出版的。

2.《内战战记》：写作与出版

在亲自编写《内战》之前，人们常常认为恺撒已经赢得了内战，或至少是打败了庞培。也有许多学者认为，恺撒编写《内战》是为了向同时代的人证明他行为的理由，《战记》是带有政治目的的宣传。可能《内战》这本书要比《高卢战记》更真实，正是因此，恺撒才急于写出来，让大家了解事情的真相。若是这样，奇怪的是为何他要一直等到战争胜利，才开始铸造能帮他胜利的武器，才开始利用出版书籍这一"武器"。

第三本书仅记录发生在公元前48年的事情，这一事实让许多学者认为是因为恺撒所有活动因为被刺而中止，所以他才没有完成第三本书。但是第一、二和三册之间没有系统的发展联系，也许有人会认为作者撰写这几册书籍可能相互隔了很长的一段时间。在第三册中有两处提到了"在战争爆发的时候"（confecto bello）[1]。但这并不表明这册书是他在非洲获得胜利之后写的，而不是在蒙达他战胜西班牙后不久。恺撒采用了"bellum"（"战争"）一词，这场存在疑问的战役是以法萨卢战役，或至少是以庞培之死结束的。但这些迹象都表明，第三册是直到公元前47年秋恺撒回到罗马之后才出版的。因为可能直到那时他才知道这些事情。

有人认为第一册和第二册是在公元前48年初恺撒穿越亚得里亚海之前按当时的日历编写的[2]，包含了公元前49年所有军事活动——也许遗漏了一两件。这些书存在着不完整和缺乏修订的迹象。一方面可能是因为恺撒急于将书稿整理好出版；另一方面，恺撒当时积极参与公元前49年中期的竞选，忙于四处游说为选举准备。恺撒一边旅行一边写作：他的《论类比》（De Analogia）写作于从意大利北部去高卢途中；看上去像是叙事诗的《旅途》（Iter）是在公元前45年恺撒从罗马前往西班牙途中写的。而且，他亲自写马西里亚的围城战和库利奥之战比起直接改编副手的报告更费时，因为恺撒拿到这些报告还是轻而易举的。在公元前49年四月恺撒到达罗马前，他就已经为自己和其他人制订好了渡过卢比孔河的防御战略。但是即使对于恺撒来说，这都不是可以快速完成的任务。大家都认为，恺撒相信在巴尔干半岛与庞培的对决可以通过某种方式解决，以至

91

---

[1] 《高卢战记》III，57、60。

[2] 特别参考巴维克（K. Barwick）：《恺撒的战记和他的语料》（*Caesars Commentarii und das Corpus Caesarianum*，*philologus Catull. Philologus.*）补充 XXXII，2，165F 页以及《恺撒的内战记》（*Caesars Bellum civile*）《萨克森科学院研究报告》（莱比锡）（Ber. Verh. Sächs. Akad.）（1951）88ff 页。

于他并不需要在离开意大利之前就将书稿整理好出版。同样地，在
法萨卢战役之后，恺撒也没有必要急于出版第三册，而前两册可以
等第三册完成后一起出版。最后，在西塞罗的信件或是其他地方，
我们都没有明显的证据，来证明描述了内战的《高卢战记》就是在
这个时候出版的。因此很难确认，第一册和第二册是在公元前 48 年
出版的。

　　然而，人们对这三本战记的著作时间比对出版时间更关心。我
们有足够的理由假设，恺撒是在每一系列他所能操控的事件发生后
不久就将它们记录下来，继而一直写着。随着在与庞培的对抗中，
恺撒的胜算越来越大，以及有其他要事亟待处理，于是他就放弃继
续编写这个故事，而是将现有的手稿整理出版。这些书的特点和重
点都很贴近战争事实，多是对危险战争描述而不是对胜利的回首展
望。事实上，这是有证据证明的。在《内战》的第一册中，恺撒的
编写存在不准确之处，有一些可以通过对其记叙的事件进行检查看
出来，而有些是将之与西塞罗的信件或是恺撒竞争者的相关事件作
比较而检查出的。恺撒这种故意歪曲事实的做法，让人愤慨。公元
前 49 年早期，恺撒着重宣传自己对当前形势的看法，为自己辩护，
因此将自己的观点以信件的形式派送给意大利的多个城镇。这种方
式会带来一些眼前利益，因为这样会削弱敌军的补给，增强他自己
招募新兵的能力，还能在不久之后，也就是公元前 48 年初，为他在
穿越了亚得里亚海后，扫除了一切在西班牙的障碍。虽然在《高卢
战记》中，我们找不到任何对事实有如此歪曲程度的内容，当然如
果我们以更加公正且独立的态度去与比较恺撒的叙事作品，我们也
许能追踪到更多有问题的部分。总的说来，与其他战争的情况相比，
恺撒并不需要去歪曲高卢所发生的事实。从公元前 49 年恺撒在罗马
任职到法萨卢斯战役期间，能发现被恺撒歪曲的事实都没有在意大
利境内发生。在法萨卢战役之后，恺撒既没有任何实际存在的需要
去歪曲事实，也没有什么机会去这样做。

　　那段被苏维托尼乌斯（Suetonius）所引用的波利奥（Asinius

92

93

Pollio）的苛评，^① 尽管表述得一般，可能就参考了恺撒在《内战》第一册中所写的内容，因为当时波利奥就一直在思考他对内战初期的描述与恺撒所写的不同之处。这又使何人获益呢（cui bono）？这个问题的答案应该在恺撒胜利之前就获得，而不是胜利之后出来的。如果确实如此，那么就有人会推断，第一和第二册都是在恺撒胜利
94 之前编写的，而且是在他胜利之前出版的。因为如果在赢得竞选胜利之后出版的话，那么对他来说出版这套书就没多大价值和功效。

　　至少有一点还存在着争议，即恺撒写作的最终目的，是要亲自将参与的故事编写出来，留给后代，而不是为了获得眼前利益。他关于高卢的那些战争记录也许是真的，无论出于何种原因，他在阿莱西亚战争之后停止记录也是理所应当的。但如果真是如此，那么在公元前 48 年十一月内战结束后的内容，也是他往事的一部分。而且很难理解为什么他没有出于同样的目的开始他的记叙。

　　在第三册《内战》中，恺撒记叙了与庞培的斗争的过程，这样写是为了证明或至少是宣称他一直迫切（à outrance）希望能够避免战争。但当恺撒不再前进时，可能是因为他发现自己没有太多需要证明了，除非恺撒人在埃及，却被要求去别处征战。每当恺撒说出与事实不符合的东西时，他也许会辩解说，记录的都是自己确实相信的，只是自己所相信与现实有出入而已。很有可能恺撒一直希望
95 被当成学者，一旦获得了最高成就后，他就不屑于辩解了。恺撒也似乎乐意让别人写他的胜利故事，他也越来越不在意罗马的传统，也越来越不想去维持他曾维护的这些东西。等到战胜了庞培之后他再进行写作，如实地描述就显得不那么重要了。在波利奥看来，恺

---

① 苏埃托尼乌斯（Gaius Suetonius Tranquillus）：《神圣的尤里乌斯》（Divus Julius）56，4："阿辛斯·波利奥认为，恺撒部分的写作是随意且不能真实记录的，在大多数情况下，他随意地相信了别人的记录，当然也有自己记错的可能，但是波利奥认为恺撒也试图改写或者修正他的写作。"（Pollio Asinius parum diligenter parumque integra veritate compositos putat，cum Caesar pleraque et quae per alios erant gesta temere crediderit et quae per se，vel consulto vel etiam memoria lapsus perperam ediderit；existimatque rescripturum et correcturum fuisse.）

撒会写得更准确，也许他认为恺撒会用真理代替谎言，但波利奥又怀疑恺撒是否愿意做这些事。

最后，法萨卢斯战役之前，恺撒对对手们尖刻的描述，可能并不是为了宣传，这样的宣传早在第三册出版时就已经没有太多的效果了。因为无论何时，就算是西庇阿（Scipio）和拉比努斯在世，恺撒也不会因为诋毁他们而受益，事实是，厌恶他人可能对自己伤害更大。公元前48年的上半年，恺撒命运多舛，屡遭挫折。只要可以满足自己的需求，恺撒准备与对手达成协议，这个决定不仅是为了避免流血事件（当然这也可能是一个真诚的愿望），也是出于他在军事上能否取得胜利的思考。无论恺撒多么虚怀若谷，他都不会不受竞选的压力影响，以至于他认为必须承担比他想象中多得多的风险，多到让他不得已翻盘而退。因此完全可以推测，第三册或多或少是在战役时期编写的，或至少是在他意识到，如同威灵顿对滑铁卢战役评价一样，这是一场"实力相当的较量"时撰写的。

3. 题外话

我们仍然不知道恺撒是以何种方式编写出版《高卢战记》的。在书中除了偶尔出现转述的古代文献的补充部分，有一些不能确定是否是恺撒时期的文章，尤其是地理学和民族学方面的文章，特别是对苏伊比人（Suibi）（第四册，1—3页）、不列颠及其人民（第五册，12—14页）和对高卢及日耳曼的附注，还有有关海西（hercynian）大森林（第六册，11—28页）的记录等等。这些曾被公认为非恺撒时期的风格和词汇都是后期被插进来的，并不是恺撒自己写的。但进一步的文体和语言调查证实①，如果考虑到题材和来源的差异性，那就没有充分的理由否认他们在原著中的位置。如果这些内容是恺撒时期的，那他们为什么会出现在《战记》里，为什么

96

97

---

① 特别参考贝克曼（F. Beckmann）：《恺撒高卢战争时期的地理及人种研究》（Geographie and Ethnographie in Caesars 'Bellum Gallicum'）多特蒙德，1930。

现在又出现在别的地方，讨论这些问题就变得有趣了。

在第四册中的题外话里，写到苏伊比人（Suibi）不断滋扰领土边界，这就进一步解释了乌西皮特（Usipetes）和滕克特里（Tencteri）被迫穿越莱茵河迁徙至高卢的原因。有关不列颠的记录显示，除了英吉利海峡的领域之外被视作高卢的那块土地外，不列颠岛还包括一些遥远的领土，这些领域地势不一，种族各异，因此要征服这片岛屿可能是场徒劳无功的军事冒险。波赛多纽斯（Poseidonius）是当时影响力超越罗马范围的著名作家，他也低估了不列颠诸岛的面积。尽管地理附注可能不一定准确，但的确纠正了当时大家对这一问题的看法。第六册一开始就有关于高卢人和日耳曼人的题外话，展示了莱茵河东西两岸国家之间文化、机构和经济状况的差异。显然高卢是一个值得且可以被征服的地方，而日耳曼不是。这也证明了恺撒最后的决定，即把莱茵河当成罗马势力扩张的边界。就莱茵河附近的文化所属而言，波赛多纽斯将高卢人和日耳曼人视作同一民族，也不能说完全无道理。但如果更全面地观察这两个区域，要更接近事实的话，无疑是第六册的题外话，里面强调了这两个地域存在的普遍差异。基于埃拉托斯特尼（Eratosthenes）和其他希腊作家的记录[①]，书中编写了有关海西森林和它里面动物的内容，强调那片传说中的未知领域（terra incognita）非常遥远。因此，继续征服日耳曼似乎逾越了帝国主义和军事行动的合理界限。这些因素也许可以解释为什么这些题外话会出现在《高卢战记》中，因为这样的题外话似乎本应该出现在用古代文字编写的普通历史著作中，而不是在追求简朴经济的《高卢战记》里。

如果恺撒特地将这些地理学及民族学的题外话加进他的《高卢战记》，极有可能他心中已经有了更多考虑，那就是要打破罗马人的认知局限，开辟一条帝国的新途径（见上文，pp. 38 f.）。从西塞罗的信件可以看出，罗马的上流社会已经对英吉利海峡对岸的不列颠岛上的事物产生了兴趣。公元前55年恺撒对不列颠的侦查活动又一

---

① 《高卢战记》VI，24，2。

次激发了他们的兴趣，这一点恺撒十分清楚，对罗马而言，这是有 99
利可图的冒险，也正是他们向往的原因。不列颠南部越像高卢，他
们的联系就越紧密，罗马人征服不列颠的希望和政策也就显得越合
理。当恺撒打算在公元前 54 年继续他对不列颠的真正探险时，他打
算更多地了解这个岛屿和岛上的居民。第五册中出现的题外话满足
了大家的好奇心，也合理地维护了恺撒的进取心以及恺撒的撤退方
案。为了满足罗马的愿望，恺撒将会提出一个更雄心勃勃的计划。
因为题外的内容与恺撒行军目的、行为和计划一致，所以这些附注
很合理地被认为是恺撒写的。

　　另一个相关问题就是，这些和其他更简短的题外话写在这里的
原因和意义。大家可以注意到，关于不列颠的相关记录晚于恺撒公
元前 55 年的探测，却包含了一年后恺撒对不列颠的认识和评价。此
外，这些记录并没有按照正常的叙事手法编写，顺序都乱了，可能
是因为稿纸摆乱了，本来写好的叙事稿被插错了位置造成的。第 22
章第 1 页有处内容可供参考，这处内容显示这些题外话是恺撒写
的，因为后期的补充内容，几乎不会再以"上面提及的内容在海面
上已经显示出来"（"quod esse ad mare supra demonstravimus"）的形
式来回顾前文。关于苏伊比人的题外话就很符合叙事文的风格，有 100
关高卢和日耳曼的题外话是放在"苏伊比人一直希望罗马军队能
在他们的境内前进得更远"后面，而且在回顾附注内容的叙述之
后的。

　　第一册的第一章就提到了一个人尽皆知的事情，那就是整个
高卢被河流分成了三个部分，种族也随之分为三个，即贝尔京族
（Belgae）、阿奎丹尼族（Aquitania）以及被罗马人称作高卢人的凯
尔特族。因为受到日耳曼周边影响，使贝尔京族成为三个群体中最
好战的，恺撒最关注的赫尔维蒂亚人也因此变得好战。文章这一处
与下一章开篇内容紧密相关。第一章的第二部分对高卢的领土和民
族做了进一步解释说明，一方面使这些内容成了整个地区的文字地
图，也有助于理解后面几年的战役；另外一方面虽然要到后期才能
编写完这些解释，但可以在第一章就提及，使得全文内容完整，前

后呼应。到目前为止，所有的假设都是围绕着《高卢战记》的编著和出版时期的，这也表明，尽管恺撒是逐年编写这套书的，但是恺撒在第二册中描述他第二次征服高卢时，第一册还没有出版，因此他完全有可能在公元前 50 年向第一册里添加内容。

第六章 《内战战记》相关的语料

在罗马帝国统治下，恺撒的内战战记没有被广泛传颂。昆体良（Quintilian）描述恺撒的时候只提到他是演说家，并没有提及他的历史学家身份。当然，比起历史昆体良更关注演说，虽然他本应该可以把战记介绍给大家的。苏维托尼乌斯（Suetonius）知道西塞罗对《内战战记》的赞扬，但是并没有给予肯定的回应。据猜想，"简洁洗练、精致生辉"（*pura et inlustris brevitas*）的优点并不符合帝国统治阶级的品味，塔西佗（*Tacitus*）的"简洁"（*brevitas*）并不能改善"洗练"（pura）的缺点以及"生辉"（inlustris）的不切实际。这本战记被保存完好可能不是因为它迎合了当时的文学潮流，而是因为其作者的巨大声望。在这样历史罕有的好环境下，当时恺撒的手稿中不仅包括了他写的作品，还包括对他进行描写的作品，例如《高卢战记》第八册、《非洲战记》（Bellum Africum）、《亚历山大城战记》（Bellum Alexandrinum）以及《西班牙战记》（Bellum Hispaniense）。我们要考虑这几本书，虽然它们不足以或不够称为正式的文学作品，但是在与恺撒撰写的战记进行对比分析中具有重要意义。

《高卢战记》第八册的作者希尔提乌斯（Hirtius）一直追随恺撒，或许从高卢战役就开始了。书中没有提及他曾在恺撒的军队中发号施令，他可能担任过恺撒的战地助手或者有特殊任务的行政官员，也可能在军事活动间隔期陪伴着恺撒。如果对第八册深入研究，我们可以看到他对恺撒思想的认识，以及对副将法比乌斯（Fabius）、雷比卢斯（Gaius Caninius Rebilus）的认识。后两位尤其是雷比卢斯，可以派送急件给恺撒报告他的行动，或者是要求支援的理由，诸如此类，这些具有说服力的官方文件都保存在档案馆中；但是有一些细节，例如希尔提乌斯通过与两个将军以及他们的下属讨论才得出，而这几乎不能从刚才所说的官方文件中找到。在公元前 49 年的伊利达（Ilerda）战役中，法比乌斯为军队效力之后，便不再出现在西班牙或者是恺撒的军队中。有人推测他年纪轻轻就死于那场战役了。很难想象出，如果希尔提乌斯在恺撒死后接手继续撰写公元前 50 年和 51 年发生的事件，在事件过去那么久之后，他怎么再通过个人的关系去阅览官方档案。因此，合理的猜想是，他在当时或事件发生不久就做了记录，可以这样猜想是因为从他的日常工作视角来看，他负责为恺撒准备好撰写的事件记录，这样至少可以为恺撒的各种计划作准备。在第八册书中，找不到对拉比努斯（Labienus）负面的评价，后者在内战爆发期间背叛了恺撒。很有可能，因为恺撒开始不信任拉比努斯，因此没有给他像之前一样多的独立权力，但是在书中没有一处暗示是出于不信任的因素。第八册书的序章中，只是提到希尔提乌斯决定出版他自己写的内容，这个序章像古代或者是现代的序章一样，很有可能是在书完成后所撰写的。事实上，鉴于在恺撒被刺日（Ides of March）和希尔提乌斯在公元前 43 年 1 月份成为繁忙的执政官这段时间内，他有大部分时间都处于生病状态，最后在那年的早春死于外伤。假设他在短短几个月之内完成对公元前 50 和 51 年间发生的事件进行重构并作出描写，是不可能的。因此第八册书对这两年的描写还是带有恺撒的风格，虽然恺撒没有亲自进行撰写。

《亚历山大城战记》从恺撒内战战记结束的地方开始。手稿没有给出作者名字的线索，在苏维托尼乌斯（Suetonius）时期，《非洲战记》（Bellum Africum）、《亚历山大城战记》（Bellum Alexandrinum）以及《西班牙战记》（the Bellum Hispaniense）的作者都不确定。苏维托尼乌斯认为，"有些人认为是奥庇乌斯（Oppius）写的，也有人认为是希尔提乌斯"，"他（希尔提乌斯）完成了第九本未完成的高卢战争记事"（qui etiam Gallici belli novissimum imperfectumque librum suppleverit）。^① 最后两个作品确定不是希尔提乌斯所写，后面会给出原因。也有些看似不错的但很难确认的说法，认为是希尔提乌斯编写或者编译的《亚历山大城战记》，如在书中有多处带有讽刺寓意的精彩措辞都能在《高卢战记》第八册中找到。这部书的前四分之一有恺撒的风格，可能当时希尔提乌斯不在亚历山大城，所以他借鉴了恺撒的素材。这本书与它名字不符，因为它记录了恺撒在小亚细亚的战役（可能当时希尔提乌斯在场），还包括了一些在西班牙的事情，让这本书看上去就像是个眼界局限于亚平宁半岛的人的记叙。我们有理由推测，希尔提乌斯将许多素材融进一本书里，去掩盖发生在恺撒《内战》的结尾和《非洲战记》中一场主要战役之间的事情。

《亚历山大城战记》中场景的切换和真实的个性意识为该书增添了许多趣味，而《非洲战记》没有多样性的特点，但是也有自己的特色。它是最近接《高卢战记》书写风格的，作者冷静地分析了军队双方的军事专业性，并高度赞扬了恺撒的素质。这显然是一项属于一个目击者，或是一个足够高等级、知道恺撒战略动机的官员才能做到的。希尔提乌斯并没有在这场战役中参战，如果他参战了，他也不会写出这么专业的军人故事，没有军人的指挥权和军人的限制，他最多只能写后续即《西班牙战记》。全书的风格与希尔提乌斯写的其他作品不同。正如他在《高卢战记》第八册的前言中说的，如果希尔提乌斯看了恺撒在战役中完整的故事，那他也许可以早点编写完《非洲战记》。如果假设他自己为恺撒的《高卢战记》提供了一些事实依据，那他就能在这本书中找到一些素材加进他自己的作品里。事实上，因为原创概念一直困扰着古人，作者去世后从他的稿纸上发现的内容一般被视作该作者的成果，尽管任何一个作者都有权去出版有自我风格和体现作者个性的书。

《西班牙战记》也同样如此。赖斯·福尔摩斯博士称这本书是

---

① 苏埃托尼乌斯（Gaius Suetonius Tranquillus）：《神圣的尤里乌斯》（Divus Julius），56，I。

拉丁语作品中最差的一本书，这有些过于严苛。还有其他更加苛责的说法。如果只是为了给希尔提乌斯提供素材，而平淡记录下恺撒的最后一次战役的话，那就选错了作者。正如麦考莱（Macaulay, Thomas B. 1800—1859，英国历史学家、文章家、诗人）所说，他可能是个隶属于第十军团的军人，一个打仗实力要比他写作能力的更强的军人（至少他不会比写的更糟糕），他不知道恺撒的目的，也不懂得欣赏兵法，尽管写作水平不佳，但是他的确有意无意地成功表达出了军队参战时跌宕起伏的心情①。虽然作者不合时宜地去尝试改善自己写作水平或是不恰当地引用文学典故，这种效果并没有完全减弱，也没有在他书里那些支离破碎的信息中完全消失。

记录恺撒成就的作品中包括了《亚历山大城战记》《非洲战记》和《西班牙战记》，不论是以何种方式编写出来的，这些书完整地被保存了下来，又帮助了希尔提乌斯的《高卢战记》第八册得以出版。现有剩余的信息价值不大，很多学生，尤其是学军事史的学生很感激《高卢战记》得以保存下来。李维对这段时期的相关书籍遗失了感到遗憾，现在去后悔也是徒劳，在他的书可以读到部分不受崇拜恺撒风气影响的古人作品。阿西尼乌斯·波里奥（Asinius Pollio）是一个拥有独立见解的优秀军人和学者，他不止一次赞扬恺撒的伟大，尽管当时的执政者多少对恺撒怀有敌意。整个恺撒文集和其包含的内容的确为目前对恺撒军事指挥才干的研究提供了许多资料，过去这些研究只能依靠亚历山大大帝战役的相关资料。

此外，如果我们对比希尔提乌斯和其他人的风格，可以看到在措辞、解释方面有着差异，特别是从他们对恺撒风格特征和个性影响描述中可以看出有趣的差异。除了《高卢战记》第八册和《亚历山大城战记》的部分内容外，《非洲战记》也的确刻画出了恺撒作为一个无畏且足智多谋的将军形象，被拉比努斯和主动性所考验，还是个能在战役前期可以披荆斩棘、迎刃而解的人。

在罗马帝国时代，一直到整个中世纪，恺撒文集都未得到应有

---

① 《西班牙战记》（*Bellum Hispaniense*），29。

的重视。但是到了文艺复兴时期,尤其是在曾经作为高卢战争战场的法国,兴起的民族主义将研究恺撒文集作为一种趋势流行开来。由于普鲁塔克的声望,《高卢战记》得以因此传播开来。普鲁塔克那个时期,恺撒是因率领军队穿过莱茵河和英吉利海峡而闻名的,因此,普鲁塔克找到了不列颠与日耳曼在历史和传统起源的地方。在十六至十七世纪,兵法得到更系统的研究,恺撒军队的战术和军事 108 组织被当作一种兵法的纲要。一些作家比如德萨克森(Maréchale de Saxe)就不厌其烦地引用恺撒作为榜样,最后连拿破仑一世都赞扬说研究恺撒的战役模式是一个将军的基本必修课。十九世纪,追求民主理想的天才蒙森和法国军事及新恺撒主义的先驱拿破仑三世对恺撒十分推崇。而这一切的产生,都是源于恺撒和为恺撒效力的军人的作品得以保存至今。

索　引

（古罗马人的人名以其最著名的称谓进行索引）

文人恺撒

篇章索引

92，4　59

93，1　59

94，6　48

104，3　48

106，3　48

Bellum Gallicum《高卢战记》

Ⅰ，1，2　33，100

　　3，2　65

　　11，6　29

　　12，7　26

　　26，1　27

　　28，5　77

　　31，16　29

　　33，1　30

　　33，5　54

　　40，7　30

　　40，15　58

　　43　32

　　44，1　54

　　46，4　54

　　52，7　27，57

　　54，2　33

Ⅱ，3，2　34

　　18 ff.　69

　　26，4—5　57

　　27，5　54

　　31—2　67

　　35，1—2　35

　　35，4　35，84

Ⅲ，1—6　35

　　10，3　36

　　17—27　81

Corpus Caesarianum　恺撒文库

CATULLUS　卡图卢斯

CICERO　西塞罗

PLINY　老普林尼

Naturalis Historia《自然史》(一译《博物志》)

XXXIII，21　17

PLUTARCH　普鲁塔克

Aemilius《伊米留斯》

19，2　52

Caeser《恺撒》

3，4　50

18，I　26

19　31

QUINTILIAN　昆体良

Inst. Or.《演说家原理》X，I，31　8

　　X，I，114　14

SEMPRONIUS ASELLIO　阿塞利奥

In Peter，*Hist. Rom. Rel*[2]. 收录于彼得赫曼《古罗马历史学家残本》[2]

I，P.179　71

SUETONIUS　苏埃托尼乌斯

Divus Julius《神圣的尤里乌斯》

30，4　76

56，I　104

56，4　93

TACITUS　塔西佗

Agricola　阿古利可拉传

I，3　17

VALERIUS MAXIMUS　马克西穆斯

IV，4，II　17

上海三联人文经典书库

已出书目

1. 《世界文化史》(上、下) ［美］林恩·桑戴克 著 陈廷璠 译

2. 《希腊帝国主义》 ［美］威廉·弗格森 著 晏绍祥 译

3. 《古代埃及宗教》 ［美］亨利·富兰克弗特 著 郭子林 李凤伟 译

4. 《进步的观念》 ［英］约翰·伯瑞 著 范祥涛 译

5. 《文明的冲突：战争与欧洲国家体制的形成》 ［美］维克多·李·伯克 著 王晋新 译

6. 《君士坦丁大帝时代》 ［瑞士］雅各布·布克哈特 著 宋立宏 熊莹 卢彦名 译

7. 《语言与心智》 ［俄］科列索夫 著 杨明天 译

8. 《修昔底德：神话与历史之间》 ［英］弗朗西斯·康福德 著 孙艳萍 译

9. 《舍勒的心灵》 ［美］曼弗雷德·弗林斯 著 张志平 张任之 译

10. 《诺斯替宗教：异乡神的信息与基督教的开端》 ［美］汉斯·约纳斯 著 张新樟 译

11. 《来临中的上帝：基督教的终末论》 ［德］于尔根·莫尔特曼 著 曾念粤 译

12. 《基督教神学原理》 ［英］约翰·麦奎利 著 何光沪 译

13. 《亚洲问题及其对国际政治的影响》 ［美］阿尔弗雷德·马汉 著 范祥涛 译

14. 《王权与神祇：作为自然与社会结合体的古代近东宗教研究》

（上、下）　［美］亨利·富兰克弗特　著　郭子林　李岩
李凤伟　译

15.《大学的兴起》　［美］查尔斯·哈斯金斯　著　梅义征　译

16.《阅读纸草，书写历史》　［美］罗杰·巴格诺尔　著　宋立宏
郑阳　译

17.《秘史》　［东罗马］普罗柯比　著　吴舒屏　吕丽蓉　译

18.《论神性》　［古罗马］西塞罗　著　石敏敏　译

19.《护教篇》　［古罗马］德尔图良　著　涂世华　译

20.《宇宙与创造主：创造神学引论》　［英］大卫·弗格森　著
刘光耀　译

21.《世界主义与民族国家》　［德］弗里德里希·梅尼克　著　孟
钟捷　译

22.《古代世界的终结》　［法］菲迪南·罗特　著　王春侠　曹明
玉　译

23.《近代欧洲的生活与劳作（从 15—18 世纪）》　［法］G.勒纳尔
G.乌勒西　著　杨军　译

24.《十二世纪文艺复兴》　［美］查尔斯·哈斯金斯　著　张澜
刘疆　译

25.《五十年伤痕：美国的冷战历史观与世界》（上、下）　［美］德瑞
克·李波厄特　著　郭学堂　潘忠岐　孙小林　译

26.《欧洲文明的曙光》　［英］戈登·柴尔德　著　陈淳　陈洪
波　译

27.《考古学导论》　［英］戈登·柴尔德　著　安志敏　安家
瑗　译

28.《历史发生了什么》　［英］戈登·柴尔德　著　李宁利　译

29.《人类创造了自身》　［英］戈登·柴尔德　著　安家瑗　余敬
东　译

30.《历史的重建：考古材料的阐释》　［英］戈登·柴尔德　著
方辉　方堃杨　译

31.《中国与大战：寻求新的国家认同与国际化》　［美］徐国琦
著　马建标　译

32.《罗马帝国主义》　［美］腾尼·弗兰克　著　宫秀华　译

33.《追寻人类的过去》［美］路易斯·宾福德　著　陈胜前　译

34.《古代哲学史》［德］文德尔班　著　詹文杰　译

35.《自由精神哲学》［俄］尼古拉·别尔嘉耶夫　著　石衡潭　译

36.《波斯帝国史》［美］A. T. 奥姆斯特德　著　李铁匠等　译

37.《战争的技艺》［意］尼科洛·马基雅维里　著　崔树义　译　冯克利　校

38.《民族主义:走向现代的五条道路》［美］里亚·格林菲尔德　著　王春华等　译　刘北成　校

39.《性格与文化:论东方与西方》［美］欧文·白璧德　著　孙宜学　译

40.《骑士制度》［英］埃德加·普雷斯蒂奇　编　林中泽　等译

41.《光荣属于希腊》［英］J. C. 斯托巴特　著　史国荣　译

42.《伟大属于罗马》［英］J. C. 斯托巴特　著　王三义　译

43.《图像学研究》［美］欧文·潘诺夫斯基　著　戚印平　范景中　译

44.《霍布斯与共和主义自由》［英］昆廷·斯金纳　著　管可秾　译

45.《爱之道与爱之力:道德转变的类型、因素与技术》［美］皮蒂里姆·A. 索罗金　著　陈雪飞　译

46.《法国革命的思想起源》［法］达尼埃尔·莫尔内　著　黄艳红　译

47.《穆罕默德和查理曼》［比］亨利·皮朗　著　王晋新　译

48.《16 世纪的不信教问题:拉伯雷的宗教》［法］吕西安·费弗尔　著　赖国栋　译

49.《大地与人类演进:地理学视野下的史学引论》［法］吕西安·费弗尔　著　高福进　等译　［即出］

50.《法国文艺复兴时期的生活》［法］吕西安·费弗尔　著　施诚　译

51.《希腊化文明与犹太人》［以］维克多·切利科夫　著　石敏敏　译

52.《古代东方的艺术与建筑》［美］亨利·富兰克弗特　著　郝

海迪　袁指挥　译

53.《欧洲的宗教与虔诚:1215—1515》　〔英〕罗伯特·诺布尔·
斯旺森　著　龙秀清　张日元　译

54.《中世纪的思维:思想情感发展史》　〔美〕亨利·奥斯本·泰
勒　著　赵立行　周光发　译

55.《论成为人:神学人类学专论》　〔美〕雷·S.安德森　著　叶
汀　译

56.《自律的发明:近代道德哲学史》　〔美〕J. B.施尼温德　著
张志平　译

57.《城市人:环境及其影响》　〔美〕爱德华·克鲁帕特　著　陆
伟芳　译

58.《历史与信仰:个人的探询》　〔英〕科林·布朗　著　查常平　译

59.《以色列的先知及其历史地位》　〔英〕威廉·史密斯　著　孙
增霖　译

60.《欧洲民族思想变迁:一部文化史》　〔荷〕叶普·列尔森普
著　周明圣　骆海辉　译

61.《有限性的悲剧:狄尔泰的生命释义学》　〔荷〕约斯·德·穆
尔　著　吕和应　译

62.《希腊史》　〔古希腊〕色诺芬　著　徐松岩　译注

63.《罗马经济史》　〔美〕腾尼·弗兰克　著　王桂玲　杨金龙
译

64.《修辞学与文学讲义》　〔英〕亚当·斯密　著　朱卫红　译

65.《从宗教到哲学:西方思想起源研究》　〔英〕康福德　著　曾
琼　王涛　译

66.《中世纪的人们》　〔英〕艾琳·帕瓦　著　苏圣捷　译

67.《世界戏剧史》　〔美〕G.布罗凯特　J.希尔蒂　著　周靖波　译

68.《20世纪文化百科词典》　〔俄〕瓦季姆·鲁德涅夫　著　杨明
天　陈瑞静　译

69.《英语文学与圣经传统大词典》　〔美〕戴维·莱尔·杰弗里
(谢大卫)主编　刘光耀　章智源等　译

70.《刘松龄——旧耶稣会在京最后一位伟大的天文学家》　〔美〕
斯坦尼斯拉夫·叶茨尼克　著　周萍萍　译

71.《地理学》［古希腊］斯特拉博 著 李铁匠 译

72.《马丁·路德的时运》［法］吕西安·费弗尔 著 王永环 肖华峰 译

73.《希腊化文明》［英］威廉·塔恩 著 陈恒 倪华强 李月 译

74.《优西比乌:生平、作品及声誉》［美］麦克吉佛特 著 林中泽 龚伟英 译

75.《马可·波罗与世界的发现》［英］约翰·拉纳 著 姬庆红译

76.《犹太人与现代资本主义》［德］维尔纳·桑巴特 著 艾仁贵 译

77.《早期基督教与希腊教化》［德］瓦纳尔·耶格尔 著 吴晓群 译

78.《希腊艺术史》［美］F·B·塔贝尔 著 殷亚平 译

79.《比较文明研究的理论方法与个案》［日］伊东俊太郎 梅棹忠夫 江上波夫 著 周颂伦 李小白 吴 玲 译

80.《古典学术史:从公元前6世纪到中古末期》［英］约翰·埃德温·桑兹 著 赫海迪 译

81.《本笃会规评注》［奥］米歇尔·普契卡 评注 杜海龙 译

82.《伯里克利:伟人考验下的雅典民主》［法］ 樊尚·阿祖莱 著 方颂华 译

83.《旧世界的相遇:近代之前的跨文化联系与交流》［美］ 杰里·H.本特利 著 李大伟 陈冠堃 译 施诚 校

84.《词与物:人文科学的考古学》修订译本 ［法］米歇尔·福柯 著 莫伟民 译

85.《古希腊历史学家》［英］约翰·伯里 著 张继华 译

86.《自我与历史的戏剧》［美］莱因霍尔德·尼布尔 著 方永 译

87.《马基雅维里与文艺复兴》［意］费代里科·沙博 著 陈玉聘 译

88.《追寻事实:历史解释的艺术》［美］詹姆士 W.戴维森 著 ［美］马克 H.利特尔著 刘子奎 译

89.《法西斯主义大众心理学》 ［奥］威尔海姆·赖希 著 张
    峰 译

90.《视觉艺术的历史语法》 ［奥］阿洛瓦·里格尔 著 刘景联
    译

91.《基督教伦理学导论》 ［德］弗里德里希·施莱尔马赫 著
    刘 平 译

92.《九章集》 ［古罗马］普罗提诺 著 应 明 崔 峰 译

93.《文艺复兴时期的历史意识》 ［英］彼得·伯克 著 杨贤宗
    高细媛 译

94.《启蒙与绝望：一部社会理论史》 ［英］杰弗里·霍松 著
    潘建雷 王旭辉 向 辉 译

95.《曼多马著作集：芬兰学派马丁·路德新诠释》 ［芬兰］曼多
    马 著 黄保罗 译

96.《拜占庭的成就：公元 330～1453 年之历史回顾》 ［英］罗伯
    特·拜伦 著 周书垚 译

97.《自然史》 ［古罗马］普林尼 著 李铁匠 译

98.《欧洲文艺复兴的人文主义和文化》 ［美］查尔斯·G.纳尔
    特 著 黄毅翔 译

99.《阿莱科休斯传》 ［古罗马］安娜·科穆宁娜 著 李秀
    玲 译

100.《论人、风俗、舆论和时代的特征》 ［英］夏夫兹博里 著
    董志刚 译

101.《中世纪和文艺复兴研究》 ［美］T.E.蒙森 著 陈志坚 等译

102.《历史认识的时空》 ［日］佐藤正幸 著 郭海良 译

103.《英格兰的意大利文艺复兴》 ［美］刘易斯·爱因斯坦 著
    朱晶进 译

104.《俄罗斯诗人布罗茨基》 ［俄罗斯］弗拉基米尔·格里高利
    耶维奇·邦达连科 著 杨明天 李卓君 译

105.《巫术的历史》 ［英］蒙塔古·萨默斯 著 陆启宏 等译
    陆启宏 校

106.《希腊-罗马典制》 ［匈牙利］埃米尔·赖希 著 曹 明
    苏婉儿 译

107.《十九世纪德国史(第一卷):帝国的覆灭》 [英]海因里希·
冯·特赖奇克 著 李 娟 译

108.《通史》 [古希腊]波利比乌斯 著 杨之涵 译

109.《苏美尔人》 [英]伦纳德·伍雷 著 王献华 魏桢力

110.《旧约:一部文学史》[瑞士]康拉德·施密特 著 李天
伟 姜振帅 译

111.《中世纪的模型:英格兰经济发展的历史与理论》[英]约翰·哈
彻 马可·贝利 著 许明杰 黄嘉欣 译

欢迎广大读者垂询,垂询电话:021-22895540

图书在版编目(CIP)数据

文人恺撒/(英)弗兰克·阿德科克著;金春岚译
. —上海:上海三联书店,2021.8
(上海三联人文经典书库)
ISBN 978 - 7 - 5426 - 7289 - 6

Ⅰ. ①文… Ⅱ. ①弗… ②金… Ⅲ. ①恺撒(Caesar,
Gaius Julius 前 100 -前 44)-文学研究 Ⅳ.
①I546.062

中国版本图书馆 CIP 数据核字(2021)第 138943 号

文人恺撒

著　　者 / [英]弗兰克·阿德科克
译　　者 / 金春岚

责任编辑 / 殷亚平
装帧设计 / 徐　徐
监　　制 / 姚　军
责任校对 / 张大伟　王凌霄

出版发行 / 上海三联书店
　　　　　(200030)中国上海市漕溪北路 331 号 A 座 6 楼
邮购电话 / 021 - 22895540
印　　刷 / 上海展强印刷有限公司

版　　次 / 2021 年 8 月第 1 版
印　　次 / 2021 年 8 月第 1 次印刷
开　　本 / 640×960　1/16
字　　数 / 100 千字
印　　张 / 6.25
书　　号 / ISBN 978 - 7 - 5426 - 7289 - 6/I·1678
定　　价 / 38.00 元

敬启读者,如发现本书有印装质量问题,请与印刷厂联系 021 - 66366565